Unter dem Pseudonym May Brooke Aweley wagte die neugierige Berlinerin den Sprung von schicksalhaften Geschichten in die Welt der Thriller. Seit ihrer Jugend ist sie dem Ruf ihrer Passion zum Schreiben gefolgt. Ihre Bücher stürmten in kürzester Zeit die E-Book-Bestsellerlisten.

May B. Aweley pendelt zwischen ihrer Wahlheimat Berlin und einer idyllischen Kleinstadt in Niedersachsen, wo sie sich mit ihrer Familie von den Inspirationen der Großstadt zum Schreiben zurückziehen kann.

Weitere Titel der Autorin:

Puppenbraut
Existenzlos
Lauf, Sophie
Erlöse uns
Erinnerung aus Glas
Trau. Ihr. Nicht
Titel in der Regel auch als E-Book erhältlich.

Angel Davis, eine junge FBI-Agentin, wird disziplinarisch beurlaubt, nachdem sie sich und ihr Team bei einem wichtigen Einsatz in Gefahr gebracht hat. Während sie versucht, ihr Leben in die richtige Bahn zu lenken, ahnt sie nicht, dass sie bereits von einem gnadenlosen Killer zu seinem siebten Opfer auserwählt wurde.

Ein grausames Katz- und Maus-Spiel beginnt ...

May B. Aweley

Der Angstheiler

Thriller

Impressum

Bibliografische Information der Deutschen Nationalbibliothek:
Die Deutsche Nationalbibliothek verzeichnet diese Publikation in der Deutschen Nationalbibliografie; detaillierte bibliografische Daten sind im Internet über http://dnb.dnb.de abrufbar.

© 2015 May B. Aweley

Lektorat & Korrektorat: Elke Krüßmann, Sabine Steck & Aaron K. Archer
Covergestaltung: Sabine Zindler & Aaron K. Archer

Bilderrechte © fotovika @ fotolia

Herstellung und Verlag: BoD – Books on Demand, Norderstedt

ISBN: 9783749483822

Für meinen Bruder.
Mit Dir gibt es keine Angst.

»Oft habe auch ich mich gefragt,

weshalb wohl die Angst die Nacht regiert.

Nach zwanzig Jahren des Nachdenkens

bin ich zu dem Schluss gelangt,

dass die Angst nicht aus der Dunkelheit geboren wird,

sondern eher den Sternen gleicht -

stets unverrückbar da,

nur unsichtbar im grellen Licht des Tages ...«

[Irvin D. Yalom, »Und Nietzsche weinte«]

PROLOG

Freitag, 27.06.2014, Corbett Lane, nördlich von New York City

Der Angstheiler war sich einer Sache sicher: Es war nur eine Frage der Zeit, dass ihn Angel für seine Therapie mit ihrem Leben bezahlen würde. Jetzt musste er nur noch geduldig warten.

Neugierig auf das Befinden seines siebten Opfers schaltete er den Monitor im Nebenraum des selbst ernannten 'Therapiezimmers' ein. Mit einer kurzen Verzögerung lieferte die Kamera die gewohnten Bilder, die ihn schlagartig in den Zustand höchster Erregung versetzten. Auch wenn diese Frau keine sexuelle Wirkung auf ihn ausüben konnte, spürte er, wie bei dem Gefühl von Macht sein Blut in die unteren Regionen seines Körpers schoss. Trotz des schwülen Wetters waren vorsichtshalber sämtliche Fenster geschlossen. Er wollte alle Eventualitäten ausschließen, ungebetenen Besuch zu empfangen, auch wenn es mitten in der Nacht im Nirgendwo war.

Der Angstheiler musste sich dringend Erleichterung verschaffen, um jede einzelne seiner Emotionen wieder unter Kontrolle zu bringen, noch bevor seine Patientin aufwachte. Endlich hatte er sie soweit, wie er es brauchte.

Bei dem Gedanken, wie er dem berühmten Psychologen Professor Latton den Rang auf dem Gebiet der kognitiven Therapie ablaufen würde, verzogen sich seine Gesichtszüge zu einem heroischen Grinsen.

So ein Versager!, dachte er, erstaunt darüber, dass bisher anscheinend niemand anderes zu der gleichen und so klaren Schlussfolgerung gekommen war. Professor Latton war eine Koryphäe auf seinem Gebiet. *Um das zu heilen, was ich in einer einzigen Sitzung schaffe, bevor ich seine Patienten auf den Weg der Erleuchtung bringe, braucht dieser Schlappschwanz Jahre. Doch wem wird am Ende der Erfolg zugeschrieben? Diesem Weichei! Aber nicht in diesem Fall! Diesmal wird es anders! Nichts wird meinen Triumph mehr schmälern können. Endlich werden sie erfahren, dass es mich gibt!*

Interessiert betrachtete er den Monitor, auf dem er die Brust der Patientin sich harmonisch auf und ab bewegen sah - als Resultat des Schlafmittels, das er ihr im Trinkwasser verabreicht hatte. Offenbar befand sie sich wieder in der Tiefschlafphase.

Bald würde es losgehen.

Eine lästige Angewohnheit hatte jedoch Vorrang und ließ sich schnell bewerkstelligen, stellte er gefühlskalt fest. Fast genervt über das Zeichen seiner menschlichen Schwäche glitt die Hand des Angstheilers zu seinem Hosenschlitz, öffnete ihn, packte den Beweis seines Makels zwischen seine filigranen Finger und begann, diese gleichmäßig auf und ab zu bewegen, um die angestaute Spannung loszuwerden.

Er empfand, dass die für ihn nutzlose Sexualität jede noch so detailliert geplante Situation in ein Chaos verwandeln konnte. Diesen Trieb der Macht vermochte er nicht zu kontrollieren.

Kontrollverlust war etwas, wovor er panische Angst verspürte, weil er nicht wusste, was sie für Konsequenzen für ihn hatte. Alle seine Taten waren darauf ausgelegt, jede Lage sicher zu beherrschen.

Sie verstehen es nicht! Es ist mir egal. Ich werde diesmal der Gewinner sein, murmelte er undeutlich, während er seine Hand an einem

Küchentuch abrieb. Nun stand ihm seine innere Erregung nicht mehr im Wege. Einem festen Ritual folgend, suchten seine Augen bereits nach der Schachtel Marlboro, die er zuvor auf den Tisch gelegt hatte. Vorher zog er sich Gummihandschuhe über, damit die Finger nicht diesen unangenehmen Geruch des verbrannten Tabaks annahmen.

Erfreut, die Zigaretten gefunden zu haben, zündete er eine davon an und verspürte, wie sich seine Lunge mit Rauch füllte. Der Angstheiler ließ den Dunst in seinem Körper für einen Augenblick verweilen, bevor er ihn mit Genuss hinausblies. Er beobachtete gern, wie die kleinen Partikel den Sauerstoff der Luft verdrängten. Doch diesmal fesselte etwas anderes seine Aufmerksamkeit: sein siebtes Opfer, Angel Davis.

Es war peinlich simpel gewesen, sie zu entführen. *Für eine FBI-Agentin zu mühelos*, dachte er enttäuscht. Wie bei seinen bisherigen Patienten hatte er ihr unmerklich nachgestellt, um möglichst viel über sie zu erfahren. Zugegeben - der Anfang war mit Abstand der langweiligste Teil seines Plans. Und trotzdem gehörte er dazu!

Was ihn wahrhaft an seiner Methode der Behandlung seiner Angstpatienten reizte, war die Jagd. Es war dieses Bemühen, das mit dem Erfolg endete, sie in sein 'Therapiezimmer' zu bringen. Ein Spiel, in dem er die entscheidenden Züge bestimmte.

Wie ein wilder, hungriger Tiger visierte er zunächst die nichtssagende Menschenmasse an, um sich aus der Herde DAS passende Exemplar auszusuchen und sich seiner zu bemächtigen. Um es durch seine Genialität am Ende von seinen Ängsten zu befreien.

Sobald er eine geeignete Beute witterte, begann die Jagd. Dabei genügten manchmal Kleinigkeiten, zum Beispiel, dass sein Opfer einen unmerklich seltsamen Gang hatte oder den Kopf, für 'normale' Beobachter unsichtbar, anders neigte ... Der hochgradigen Aufmerksamkeit des Angstheilers entging nichts. Darüber musste er nicht einmal nachdenken. Es geschah instinktiv, wie bei den schwer zu fassenden Serienverbrechern, die die besonders gut bewachten Hochsicherheitstrakte füllten. Sie alle suchten ihre Opfer nach gleichen Kriterien aus: isoliert, wehrlos und mit einer Eigenschaft, die jedem von ihnen persönlich wichtig war. Doch für den Angstheiler gab es einen gravierenden Unterschied: Während die anderen die Menschen bestialisch quälten und anschließend töteten, brachte er lediglich die Erlösung von der Pein seelischer Angst. Im Grunde war er einem Messias ebenbürtig.

Er war der **ANGSTHEILER ...**

Rückblickend hatte ihn die Erkenntnis, dass er Angel Davis zu seiner siebten Patientin küren würde, bereits bei der ersten Begegnung wie ein Blitz getroffen. Er lernte die attraktive, damals noch blonde Agentin im *Asphalt Green Aquacenter* kennen, einem der schönsten New Yorker Schwimmbäder, von dem irgendjemand einmal in seiner Gegenwart geschwärmt hatte. Es war purer Zufall. Es *konnte nur Fügung sein, dass Angel und ich am gleichen Tag den Feierabend beim Sport ausklingen ließen,* fand er. Bei ihren flüssigen Bewegungen im Wasser fiel es nicht schwer, sich vorzustellen, dass sie es regelmäßig tat.

Mit Hochgenuss beobachtete er an diesem ersten gemeinsamen Tag, wie konzentriert sie ihre Runden absolvierte, ohne jegliche Müdigkeit aufkommen zu lassen. Wie einem in Stein gemeißelten Plan folgend erschien sie, wie er im Nachhinein herausfand, jeden Freitag kurz vor 21 Uhr in ihrem schlichten, schwarzen Schwimmanzug, der ihre sportliche Figur großartig zur Geltung brachte. Doch nicht ihre körperliche Erscheinung faszinierte ihn. Darauf legte der Angstheiler bei Frauen keinen Wert!

Angel erschien nach außen beinahe zu ehrgeizig und entschlossen. Vielleicht gerade deshalb, weil kein Ehering ihren schmalen Finger schmückte. Dieses wichtige Detail hatte er schon bei ihrer ersten Begegnung bemerkt.

Sie war isoliert.

Doch erst nachdem er durch Nachstellen erfahren hatte, dass sie eine Profilerin beim FBI war, wurde sein Eifer richtig zum Leben erweckt. Endliche eine Herausforderung, die seiner würdig war!

Der Jäger hatte sein neues Opfer auserkoren.

Bald würde der Angstheiler ihre größte Angst heilen, die seit der Kindheit tief in ihr verwurzelt war. Aus seinen tiefgehenden Recherchen schlussfolgerte er, dass es nur Bindungsangst sein konnte, die Angel mit panischer Furcht erfüllte und bewirkte, dass sie allein lebte. Doch zuerst sollte sie für einen kurzen Augenblick erlernen, die enge Nähe eines Menschen zu akzeptieren, bevor sie der Angstheiler endgültig der Strömung des Hudson River übergab.

Ich lasse mir diesmal gemeinsame Zeit mit dir. Du sollst deine Lektion gut lernen, Angel!, freute er sich schon. *Was für eine Fügung des Schicksals, dass dem Wasser zugeführt wird, was darin auch begonnen hat!*

*****

Angel Davis öffnete ihre Augen. Mit Vorsicht versuchte sie, sich seitlich an der Wand abzustützen, um sich in den Schneidersitz aufzurichten. In ihrem Kopf dröhnte es so fürchterlich, als hätte sie am Tag zuvor Unmengen von Alkohol in sich hinein geschüttet. Die Erinnerung daran, was tatsächlich mit ihr geschehen war, konnte sie nicht abrufen.

Vorsichtig stützte sie sich an der Wand ab, um sich ein Bild von der Lage zu machen, in die sie hineingeraten war. *Vielleicht wurden mir K.-O.-Tropfen verabreicht?*

Während sie sich eine schwarz gefärbte Strähne von der Wange strich, fiel ihr auf, dass sie sich in einem bunkerartigen Raum von ungefähr zwanzig Quadratmetern Größe befand.

Und sie war nicht allein.

Auf der gegenüberliegenden Seite hing eine Liege, die so ähnlich aussah wie die, auf der sie jetzt kauerte. Darauf lag eine zur Wand gerichtete, zugedeckte Person. Links daneben hing eine Toilettenschüssel aus Metall. Als hätte jemand Angst gehabt, die Gefangenen könnten die Beine vom Mobiliar zur eigenen Abwehr benutzen, waren diese erst gar nicht angebaut worden. Die Einrichtung schien frei in der Luft zu schweben. Zwischen den Pritschen befand sich ein ein quadratischer Tisch. Eine ähnliche Vorrichtung kannte sie von den Untersuchungshaftzellen für besonders aggressive Gefangene, die ruhiggestellt werden mussten.

Eine moderne Gummizelle.

Ihre Bewegungen wurden von einer an der Decke angebrachten Kamera verfolgt, was ihrer Aufmerksamkeit nicht entgangen war.

Vorerst nicht trinken, wer weiß, was sich in den Flaschen befindet, nahm sie sich vor, als sie zwei vermutlich mit Wasser gefüllte 330ml-Behälter und einen Teller mit salzigen Crackern auf dem Tisch sah. Deren Anblick steigerte ihr Durstgefühl zusätzlich. *Ist das ein Versuch, mich am Leben zu erhalten? Bin ich eine Geisel?*

Die Wände dieser Zelle sahen nach einer Konstruktion aus Stahl-Beton-Platten aus, die lediglich von einem schmalen, rechteckigen Fenster unterbrochen wurden - der einzigen

Licht- und Luftquelle. Selbst wenn sich kein dickes Gitter davor befunden hätte, wäre es ihr unmöglich, aus diesem Raum hinauszuklettern. *Gesetzt den Fall, dass die Fensteröffnung nach außen zeigt und nicht in eine weitere, beleuchtete Zelle führt, dann ist es bestimmt so schalldicht, dass meine Schreie vermutlich niemand bemerken würde. Hier wurde nicht das Geringste dem Zufall überlassen.*

Die einzige Chance zur Flucht bot eine massive, verschlossene Tür in der an die Liege angrenzenden Wand, die jedoch ohne Hilfe von außen unmöglich zu bewegen war. Darauf sah Angel ein Zahlenschloss. Mit ansteigender Sorge dachte sie an ihren kleinen Kater Oreo, der alleine zu Hause war. *Wie lange wird er hungrig aushalten müssen, bis ihn jemand versorgt? Seit wann bin ich hier bereits gefangen? Und vor allem, warum?* Sie sah sich um. *Wahrscheinlich dient dieser Raum seinem Besitzer als eine Art Panikraum,* überlegte sie. Leicht benommen schleppte sie sich zum Eingang, um festzustellen, ob die Tür tatsächlich verschlossen war.

Sie war es. Ohne Frage.

Selbst das stärkste Rütteln bewegte diese Konstruktion keinen Millimeter weit.

Es war zwecklos, doch sie hatte es nicht anders erwartet.

Der Mitgefangene schien weiterhin zu schlafen, während sie sich nach Chancen zur Flucht umsah. Denn im Gegensatz zu ihrer körperlichen Verfassung arbeitete ihr Gehirn auf Hochtouren. Dazu war sie als Profilerin ausgebildet.

Das Zahlenschloss wurde auf null gesetzt. Sechs Zahlen von null bis neun ergibt 10hoch6, also 1.000.000 Möglichkeiten. Selbst wenn ich die Zahlenkombinationen im Sekundentakt einstellen könnte, bräuchte ich mindestens 12 Tage. Bei dem wenigen Wasser, das uns zur Verfügung steht, dürfte es unmöglich sein, diesen Raum auf diesem Weg zu verlassen ...

Langsam musste sie den Tatsachen ins Auge sehen: Sie saß fest wie in einer Blechbüchse, aus der es kein Entkommen gab. Ohne die leiseste Idee weshalb, oder was am Vortag passiert war.

Plötzlich registrierte sie, wie ihre männliche Begleitung das Schweigen mit einem tiefen Seufzer durchbrach. Beinahe hätte sie den neben ihr Liegenden verdrängt! Auf wackeligen Beinen näherte sie sich der fremden Person, deren Gesicht noch immer der kahlen Wand zugewandt war.

»Mein Name ist Angel Davis.« Stille. Keine Reaktion. Gar nichts. »Hören Sie mich?« Sie berührte vorsichtig die Decke, mit der der Gefangene zugedeckt war.

Wieder Schweigen. Der Liegende drehte sehr langsam seinen Kopf um und röchelte: »Angel? Wo sind wir? Was tun wir hier?«

Erst jetzt fiel der Groschen! Sie kannte diesen weichen, erotischen Unterton von Robert Lattons Stimme. Die gewohnte Sicherheit des Mannes wich einer Mischung aus Unverständnis und Panik. Vorsichtig, so wie sie zuvor, richtete sich der Psychologe in den Schneidersitz auf.

»Ich habe keine Ahnung. Ich kann mich an gar nichts mehr erinnern.« Angel nutzte die Gelegenheit, Robert in die Augen zu sehen. Das Geheimnis ihres rätselhaften Aufenthaltes in diesem Raum hatte offenbar mit ihnen beiden zu tun.

Just in diesem Moment, als er über ihren Kopf hinweg sah, wurde er blass. Seine Mimik offenbarte pures Entsetzen. Angel folgte seinem Blick. Ihr wurde schlecht.

Auf der Wand, an der ihre Liege befestigt war, konnte man eine seltsame Botschaft lesen.

»Was euch beide verbindet,

möge euch den Weg zeigen,

wenn ihr's nicht findet,

wird sich euer Leben dem Ende zuneigen.«

Angel bewegte sich in Richtung der Wand, berührte sie und roch an ihren Fingern. Jetzt erst begriff sie, wo der vertraute, metallische Geruch herrührte, den sie bereits unbewusst wahrgenommen hatte. Die Schrift war mit Blut geschrieben. Frischem Blut. Viel Blut.

»Wunderbar, ein scheißverdammter Pfadfinder!«, täuschte sie Leichtfertigkeit vor, um die aufsteigende Panik zu kaschieren. »Ich fürchte, wir müssen ein Rätsel lösen, bevor wir hier herauskommen. Wir werden bereits über eine Kamera beobachtet.« Unauffällig zeigte sie zur weißen Decke.

Eine recht unwahrscheinliche Möglichkeit gab es dennoch, die in ihren Ohren deutlich hoffnungsvoller klang, als dass sie zu Geiseln geworden waren.

»Vermutlich ist es eine Art Scherz, um uns Angst einzujagen? Eine spezielle Vorstellung für die Social Media draußen? Vielleicht via Youtube? Bei dem ein berühmter Psychologe und eine FBI-Agentin die Hauptrolle spielen? Eine Art reales Kammerspiel?« *Doch wer bereitet ein verrücktes Theaterstück derart gründlich vor?*

Ungeachtet der derzeitigen Sachlage reagierte ihr Körper wie schon zuvor auf die Anwesenheit dieses Mannes. Sie verspürte ein mollig warmes Gefühl in der Bauchgegend. Ein winziger Hoffnungsschimmer in einer trostlosen Situation.

Selten hatte jemand eine solche Wirkung auf sie ausgeübt. Genau genommen nie, wenn man Scott nicht dazurechnete.

Angel wünschte, dass Robert ihr gleichgültiger gewesen wäre, doch sie empfand bereits Zuneigung für ihn. Sie begehrte den Mann und hasste diese Empfindung zugleich. Nur diesmal konnte sie nicht vor ihren Gefühlen flüchten.

Sie war gefangen. Mit ihm.

Dafür hat dieser irre Pfadfinder gesorgt. Aber warum? Was hat er vor?

Kapitel 1

Drei Wochen zuvor ...
Donnerstag, 05.06.2014

»Gesichert!« »Gesichert!«, ertönte es aus jeder Nische der menschenunwürdigen Bleibe, in der überall Kinder angsterfüllt in verdreckten Ecken kauerten. Mit einer vollautomatischen 18er Glock vor ihrem Gesicht schlich Angel den Mitarbeitern der S.W.A.T.-Einheit von einem Raum zum anderen hinterher. Unzählige Kinderaugen, hinter denen sich mehr Leid verbarg, als ein Erwachsener sich jemals vorstellen konnte, verfolgten jeden Schritt der BAU-Agentin.

In dem von außen verlassen wirkenden Haus herrschte eine seltsame Stille. Selbst die Kleinen wagten nicht, ihre Angst mit einem einzigen Laut auszudrücken, trotz oder vielleicht wegen der schwarz gekleideten Menschen, die mit auf sie gerichteten Waffen lautlos umherliefen. Alles war heute anders als gewohnt!

'Erdrückend' war wohl das Wort, das die Situation treffend beschrieb.

Ihr habt zum letzten Mal Todesangst verspürt!, versprach Angel in Gedanken, ohne für eine Sekunde ihre Aufmerksamkeit vom zu erwartenden Zielobjekt abzuwenden. Und dennoch wusste sie, dass es ein leeres Versprechen war. *Wie viele Kinder gibt es noch, die sie nicht rechtzeitig finden werden? Auf wie viele der Geretteten wartet eine starke Familie, die fähig ist, das Trauma der Entführung zu verarbeiten, damit sie ein halbwegs normales Leben führen können?*

Die junge, aufstrebende FBI-Agentin der Behavioral Analysis Unit (BAU) spürte jeden Blick der Knirpse, die sie trotz ihrer kugelsicheren Weste mit voller Kraft genau ins Herz trafen. Im Hier und Jetzt zählte nur der Erfolg der verdeckten Aktion, die der Befreiung der Kinder aus den Fängen des Kinderhändlerringes diente. Die Fragen nach der Zukunft waren daher nicht zielführend ...

Endlich haben wir diese Mistkerle erwischt! Die Freude schien ihren Panzer aus höchster Konzentration zu durchbrechen. *Nicht gut!*, ermahnte sie sich selbst. *Wir sind noch nicht fertig!* Jahrelange, mühsame Recherchen endeten soeben mit der Aushebung des harten Kerns dieser erbarmungslosen Organisation, der man bundesweit den nur wenig geheimnisvollen Codenamen »Operation: Lost« gegeben hatte.

Zwanzig entführte Kinder, wie Angel grob überschlagen konnte, würden heute wieder nach Hause finden. Einige nach Monaten, andere erst nach Jahren der grausamen Gefangenschaft. *Ich bete zu Gott, dass mit dem heutigen Tag zwanzig Elternpaare endlich in Ruhe nachts ihre Augen schließen können. Diese Hoffnung ist jede erdenkliche Mühe wert!*

»Hände weg vom Computer! Sie haben das Recht … «, klang es selbstbeherrscht aus der Nähe und war ein sicheres Zeichen dafür, dass das S.W.A.T.-Team gerade einige Täter verhaftete. Die Kollegen brachten sie vermutlich in einen überwachten Raum, bevor sie abgeführt werden konnten. Angel lauschte nach der erlösenden Nachricht, dass das gesamte Objekt gesichert sei.

»Wir haben alle in Gewahrsam, die wir im Haus finden konnten! Das Gebäude ist unter Kontrolle!«, dröhnte es emotionsgeladen in ihrem Knopf im Ohr, als wäre es nicht bereits durch das Gemäuer hörbar. *Das Objekt, in dem wir uns befinden, kann man nur mit viel Fantasie als Heim bezeichnen, wenn man sein Geheimnis kennt.*

Wie von der Tarantel gestochen lief Angel daraufhin in eines der hinteren Zimmer, von wo aus sie die Stimmen des Sonderkommandos zu hören glaubte. Einige Gesichter kamen ihr bereits aus den Recherchen vertraut vor; andere waren gänzlich unbekannt.

Kleine Fische sind also ebenfalls ins Netz geraten …

Doch ausgerechnet die Visage, die sie unbedingt sehen wollte und im Laufe der Zeit in allen Details hätte nachzeichnen können, war nicht dabei. Dafür eine seiner zahlreichen 'rechten Hände': Eduardo.

»Wo ist Dean? Ich meine DEN Dean Connor, den ihr Sugar Daddy nennt?«, fragte sie schrill.

Durch das immer noch aufsteigende Adrenalin im Körper konnte die sonst so beherrschte Blondine die Wut in ihrer Stimme kaum unterdrücken.

»Ich kenne keinen Dean!« Eduardo entblößte seine schneeweißen Zähne zu einem spöttischen Lächeln, das allerdings vom Gegenteil zeugte.

Und wie du ihn kennst! Genauso wie die Leichenbilder der Männer, die deinen Boss in der Vergangenheit verraten haben ... Im Normalfall handelte es sich nur noch um Überreste, denen man erst mit Hilfe modernster forensischer Erkenntnisse und detaillierter Datenbanken ein richtiges Gesicht zuordnen konnte. Tief im Inneren brodelte es in Angel.

Eduardo wusste instinktiv, wie ein kleiner Welpe, dass Dean Connors Einfluss nicht einmal vor Gefängnismauern Halt machte. Soviel stand bereits fest - er würde seinen Boss nicht verraten.

Und genau diese Erkenntnis steigerte Angels Wut ins Unermessliche. Das war schon die fünfte Razzia, bei der sie Connor erwartet, aber, aus welchem Grund auch immer, nicht zu fassen bekommen hatten. Es war abzusehen, dass er in einigen Wochen in einem anderen Bundesstaat wieder sesshaft werden würde. Voraussichtlich würde ihre Arbeit in einem halben Jahr von vorne beginnen. Langsam war ihre Geduld erschöpft. Dieser Mann war wie ein Aal.

Angel sah sich im Raum um. Es war ein dunkles Zimmer mit einigen Schränken und zwei Liegen darin, die vermutlich nicht nur zum Schlafen dienten. Mehrere Männer unterschiedlichen Alters saßen mit Handschellen an diverse Mobiliarteile angekettet herum. Angesichts der Waffen, die drei patrouillierende Beamte direkt auf sie gerichtet hielten, wirkten ihre Konturen wie versteinert. *So ist es, sobald ihr keine schwachen Kinder vor euch habt, ihr miesen Schweine. Dann seid ihr ängstlich!* Die Wut in ihr steigerte sich noch mehr.

Die kleinen hilflosen Opfer gingen nicht nur ihr ans Herz. All die Männer und Frauen, die die Behausung gestürmt hatten, ahnten in diesem Augenblick nur, dass sie alles, was sie noch zu sehen bekämen, nicht mehr so schnell vergessen würden. Und sie behielten recht.

Angel verfügte über eine genauere Vorstellung davon, was diese gottverlassenen Mädchen und Jungen bisher tatsächlich durchgemacht hatten. Es war Teil ihrer eigenen Biografie, zu der sogar ihr Chef, Scott Goodwin, keinen Zugang besaß. Sie spürte das Leid der Kinder tief in sich selbst.

»John!« Einer der aufpassenden S.W.A.T.-Kollegen wurde gerufen. Mit einem Nicken informierte Angel die Männer, dass sie die Situation unter Kontrolle hatte. Mit einer Geste bat sie den zweiten Beamten, ebenfalls das Zimmer zu verlassen.

»Sie brauchen wohl Hilfe draußen! Ich werde mich um die hier kümmern!«, bekräftigte sie ihre Gestik mit einer Stimme, die keinen Widerstand duldete. Johns Partner begriff sofort ihre Intention, mit den Gefangenen ungestört zu sein, obwohl das gegen die Vorschriften war. Ob es ihm gefiel oder nicht, in diesem Fall war das S.W.A.T.-Team dem FBI unterstellt, daher lag die Verantwortung nicht bei ihm. Einen Partner allein zu lassen war mitunter der größte Fehler, den ein Polizist machen konnte. Trotzdem verließ er widerstandslos das Zimmer.

Angel richtete ihre vollautomatische 18er-Glock auf die gefesselten Gefangenen. Ein falsches Zucken, und der gesamte Inhalt des Magazins würde sich in einer einzigen Salve entleeren. Trotz der harmlos wirkenden Blondine wagten die Gefangenen keinen Mucks. Dort stand ein Wesen, das ihnen überlegen war. Die Männer waren nicht bereit, diese Welt durchlöchert wie ein Schweizer Käse zu verlassen.

Selbst der sonst so selbstsichere Eduardo starrte unmotiviert die dreckige Wand an. Sein spöttisches Lächeln war mittlerweile verschwunden. Doch genau das stachelte Angel noch mehr an, ihren Frust über das Misslingen der Operation an ihm auszulassen. Wachsam näherte sie sich dem Kolumbianer, ohne die anderen aus den Augen zu lassen. Die nachfolgende Information sollte nur der rechten Hand von Dean gelten.

»Hör mal zu, Arschloch!«, wisperte sie. »Ich werde dafür sorgen, dass deine neuen Knastbrüder von deinem kleinen Hobby mit Kindern erfahren ... Du wirst dort schon deine Freude haben, versprochen!« Warum sie diesen Mann reizen musste, verstand sie selbst nicht. Möglicherweise wollte sie ihm einfach nur Angst einjagen?

Doch sie hatte Eduardos blinde Wut maßlos unterschätzt! In Sekundenschnelle hob er seine aneinander gefesselten Beine, um Angel zu Fall zu bringen. Eine angesichts der Lage unüberlegte, instinktive Handlung, die die FBI-Agentin überraschte ...

Im gleichen Augenblick bewegte er mit aller Kraft seine Bauchmuskeln, stemmte seinen Unterkörper so schwungvoll hoch, dass er seine Gegnerin seitlich umstieß.

Der Schlag kam unerwartet und war stark genug, dass die Agentin die Balance verlor und auf ihren Gefangenen fiel. Beim Anblick der fallenden Frau kräuselte erneut ein spöttisches Lächeln Eduardos wulstige Lippen. Zweifelsfrei fiel sie in sein Beuteschema.

Angel versuchte die Situation im Zeitraffer zu begreifen, während sich ihr Zeigefinger verkrampfte. Eine Schussserie löste sich und schlug größtenteils in Wänden und Decke ein. Doch einer der Schüsse traf Eduardo seitlich am Bauch. Sein ekelerregendes Lächeln wich einem entsetzten Ausdruck. Damit hatte der allseits bekannte Macho definitiv nicht gerechnet! Die Schützin jedoch noch weniger.

Eduardos graues Muskelshirt tränkte sich sofort mit roter Flüssigkeit, während Angels Gesicht aschfahl wurde. So schnell, wie sie zu Boden gefallen war, richtete sie sich geschockt wieder auf.

Zur gleichen Zeit füllte sich der Raum mit Männern in schwarzen Westen, gefolgt von Scott Goodwin, dem Leiter der Operation.

»Alles in Ordnung?«, rief er und sah zu dem Gefangenen. »Scheiße«, fluchte er. »Wir brauchen einen Sanitäter!«

»Holy shit!«, entfuhr es auch Angel, als sie ihre Lage langsam begriff. Ihre Wut war Fassungslosigkeit gewichen. Diesen verdammt großen Fehler hätte sie niemals begehen dürfen!

»Ich fahre persönlich mit dem Gefangenen«, bot sie sich an, als könne sie an seinem Zustand noch etwas ändern. An diesem Tatort war sie jetzt alles andere als erwünscht. *Wenn Eduardo stirbt, bin ich geliefert.*

Kapitel 2

Freitag, 06.06.2014

»Der Chef hat nach dir gefragt. Er ist sauer.« Joshs Gesichtszüge wirkten angespannt. Angel war zum ersten Mal glücklich, dass das Team angesichts der frühen Stunde noch unvollständig war. Genau genommen war außer ihnen beiden bisher niemand am Arbeitsplatz.

Wie sollte sie ihren Kollegen, mit denen sie tagtäglich stundenlang zusammenarbeitete, bloß ihr unprofessionelles gestriges Verhalten am Einsatzort erklären? Selbst Josh, dem liebenswerten Genie, der gleichzeitig der beste IT-Spezialist der gesamten FBI-Einheit war, konnte sie kaum in die Augen sehen.

Ich habe dilettantisch gehandelt, Kollegen in Gefahr gebracht, und bin hier mit Profis, die mich ziemlich gut kennen. Eine Kurzschlussreaktion wird man mir nicht abnehmen. Über kurz oder lang werde ich mein wohlbehütetes Geheimnis aufklären müssen. Und genau das musste sie verhindern.

»Angel«, hörte sie Josh plötzlich wispern. »Wir stehen als Team hinter dir. Egal, was passiert! Du bist und bleibst eine von uns, vergiss das nicht!«

Waren es diese warmen Worte oder die bittere Erkenntnis, dass er sie nicht wirklich kannte, die ihr Tränen in die Augen trieben? *Er sollte das nicht sehen!* Angel wandte sich von ihm ab. Sie wischte mit der Hand über ihre Wangen, um die Zeichen der Rührung zu verbergen und richtete ihre Schritte auf das Büro ihres Vorgesetzten.

Noch im Gehen warf sie mechanisch ein karges »Danke« zurück, das eher gequält als glücklich klang. Zu mehr war sie im Moment nicht fähig.

Im nächsten Augenblick klopfte sie schüchtern an die so vertraute Tür des Vorzeigeraums der BAU-Zentrale.

Hinter ihr erwartete jeden Besucher purer Luxus im Vergleich zu dem, was ihr Arbeitgeber sonst so zu bieten hatte: ein edler Tisch in Vollholz aus feinstem Mahagoni mit acht hochwertigen Stühlen, an dem die meisten Privatbesprechungen stattfanden. Ein passender Sekretär; einige Regale mit penibel geordneten Fachbüchern. Das einzige Gemälde, das den sonst sterilen Wänden einen künstlerischen Ausdruck verlieh, war eine Nachbildung von Monets 'Seerosen'. Das darauf abgebildete Gewässer lud Scott förmlich zu einer Fantasiereise ein, wenn die Realität ihn zu überrollen drohte.

»Herein!«, hörte sie seine feste Stimme, die verriet, dass er nicht in bester Verfassung war.

Angel holte ein weiteres Mal tief Luft, bevor sie das Büro betrat. Scotts Blick folgte ihr bereits, was ihr die Chance nahm, sich zu sammeln.

Wann ihr Vorgesetzter sie das letzte Mal so durchdringend angesehen hatte, wie in diesem Moment, vermochte sie nicht zu sagen. Doch es raubte ihr den restlichen Mut.

Der Leiter der Spezialeinheit sah sehr müde aus. Sein dunkles, kurz geschnittenes Haar schimmerte hin und wieder leicht silbern, was ihm eine gewisse Attraktivität verlieh. Aber die ergrauten Stellen waren nicht nur das Resultat seiner beruflichen Verantwortung. Privat hatte Scott Goodwin einige Schwierigkeiten mit seinem sturen, pubertierenden Sohn, der auch das Leben seiner Ex-Frau nicht unbedingt leichter machte. Die Situation zwischen beiden Elternteilen war wie ein Pulverfass, das jederzeit zu explodieren drohte.

Das Wissen um seine persönlichen Probleme half Angel nur wenig zur Lockerung ihrer Nervosität. Daher versuchte sie sich gedanklich mit Nebensächlichkeiten wie Scotts vorbildlich aufgeräumtem Schreibtisch abzulenken. Sie konnte ihm aber partout nicht in die Augen sehen, weil sie ihn gut genug kannte und die Enttäuschung darin erwartete. Ihr fiel sofort auf, dass auf dem Tisch diesmal nur ein einziges Dokument lag, wo sich sonst Papierberge türmten.

Meine Akte, dachte sie.

»Komm herein und setz dich, bitte!« Hörte sie da etwa eine Unentschlossenheit in seiner Stimme? Angel nahm auf der anderen Seite des edlen Schreibtisches Platz und schwieg. Sie ahnte bereits, was sie erwartete.

»Was ist mit dir los? Gibt es etwas, das ich wissen sollte?« Die plötzlich herrschende Stille ging ihrem Vorgesetzten gewaltig auf die Nerven.

Wenn du es wüsstest, würdest du mich sicher mit anderen Augen sehen. Und ich würde mich dafür hassen, dass ich es dir gesagt habe!, beantwortete Angel die Frage im Kopf. »Es tut mir leid, Scott. Ich weiß nicht, was da los war. Es war vermutlich der Stress der letzten ... «

»Stress? Willst du mich verschaukeln?« Er klang so wütend, wie sie ihn noch nie gehört hatte. Innerlich spürte er, dass mehr hinter Angels gestrigem Verhalten steckte, als sie vor ihm zuzugeben bereit war. Nicht die Tatsache, dass sie ein Geheimnis hatte, sondern dass sie ihn ganz offensichtlich für dumm verkaufen wollte, versetzte ihn in Rage.

»Du hast dein Leben gefährdet, einen Zeugen über den Haufen geschossen und das Team am Zugriffsort so manipuliert, dass du dich ohne einen Partner im Raum befandest! Und die einzige Erklärung, die dir einfällt, ist Stress? Heilige Scheiße! Wärst du gestern nicht mit den Sanitätern ins Krankenhaus gefahren und dort geblieben, hätte ich dich noch am gleichen Tag übers Knie gelegt für diese Aktion.« Scott konnte sich gar nicht mehr beherrschen. »Was war das? Bitte sag es mir! Damit es eine plausiblere Erklärung für dein dämliches Verhalten von gestern gibt!« *Mädel, so schnell bin ich noch nie im Leben gerannt. Du hast mir eine Todesangst eingejagt! Ich habe dich tot gesehen, und im gleichen Augenblick brach meine Welt zusammen!*, dachte er.

»Ich verstehe auch nicht, was da passiert ist. Es tut mir so unendlich leid ...« Obwohl Angels Stimme gespielt aufrichtig klang, schien sie ihren Vorgesetzten nicht besänftigen zu können. Scotts innere Anspannung ließ sich an einer nervösen Bewegung seiner hinteren Wangenmuskulatur ablesen. Für einen Augenblick konnte sie sogar das Knirschen der aufeinander reibenden Zähne hören.

Mann, ist der sauer! Ich habe es wirklich verbockt!

»Gut, okay! Du sagst, du weißt es nicht? Fein, großartig! Dieser Eduardo ist doch noch verblutet. Das bedeutet, dass unser Team eine interne Überprüfung durchlaufen wird. Falls die S.W.A.T.-Leute bei der gestrigen Erklärung bleiben, dann wären wir spätestens in einer bis zwei Wochen mit einem blauen Auge durch, ohne dass es ernsthafte Konsequenzen für dich geben wird. Sonst sind wir alle dran!« Angel entfuhr ein unkontrollierter Seufzer. Solche Kontrollen brachten in der Regel nichts Gutes mit sich.

»Ich bin keinesfalls fertig!« Scott schäumte vor Wut. Vermutlich bekam sie gleichzeitig auch noch den Frust für sein derzeit mies laufendes Privatleben ab. »Für die Dauer dieser Untersuchung nimmst du Zwangsurlaub. Deine Waffe und deine Marke bleiben im Büro! Nach dem Urlaub wirst du dich einer psychologischen Überprüfung unterziehen, egal, wie die interne Ermittlung ausfällt. Mir musst du nicht sagen, was der Auslöser für diese kopflose Aktion war. Ich will dich aber allzeit einsatzfähig und beherrscht wissen! Haben wir uns verstanden?«

»Klar, Scott. Wäre es dir recht, wenn ich mir einen Termin bei Raffaella Bertani geben lasse?« Bewusst wählte sie die einzige, ihr bekannte Psychologin, die mit der Einheit eng zusammenarbeitete.

»Sehr recht sogar.« Die Beschwichtigung schien ihre Wirkung nicht verfehlt zu haben. »Auch wenn sie sich in erster Linie mit Opfern von Gewalttaten beschäftigt, wäre sie in diesem Fall eine gute Therapeutin!« Angel lag ihm am Herzen wie kein anderer aus dem Team. Das konnte er nicht verbergen. Deutlich mehr, als er sich jemals zugestanden hätte. *Ohne ihre Waffe und Marke kann sie auf eigene Faust nur wenig Unsinn anrichten*, hoffte er inständig, während sie sein Büro verließ.

Kapitel 3

Mit Einkaufstaschen beladen trottete Angel Davis in Richtung ihres kleinen Zweizimmer-Appartements, das sie in der 90. Straße der Upper West Side besaß, einem vom gehobenen Mittelstand bewohnten Teil Manhattans.

Das bekannte Glücksgefühl, das sie von dem spontanen Frustbummel erwartet hatte, konnte oder wollte sich nicht einstellen. Der morgendliche Einlauf, den ihr Scott verpasst hatte, ging ihr nicht aus dem Kopf. Dafür spürte sie nun das zunehmend wachsende Gewicht der vollen Tüten, die von Klamotten und Lebensmitteln überquollen. *Als würden die Sachen mit jedem Schritt heimlich wachsen!*

Außer Oreo wartete zu Hause niemand auf sie. Eine Tatsache, die ihr wegen der langen und unregelmäßigen Arbeitstage bisher nicht allzu schmerzlich aufgefallen war. Um trübe Gedanken zu vertreiben, zwang sich Angel dazu, ihre Umgebung bewusst wahrzunehmen.

Mein Gott, wie grün die Straße doch ist, dachte sie, überrascht von dieser simplen Erkenntnis. Riesige Bäume, die sich mit dem engen Lebensraum auf den Bürgersteig im Laufe der Jahre arrangiert hatten, spendeten wie aus Dankbarkeit Schatten vor der prallen Sonne, die sich mittlerweile langsam zwischen die Häuser von New York legte. Überall war der Sommer wahrnehmbar.

Erst jetzt merkte Angel, wie sehr ihre Kleidung an ihr klebte. Das Bedürfnis, eine lauwarme Dusche zu nehmen, stellte sich ein. *Es sei denn, ich würde den miesesten Tag meines Lebens wie jeden Freitag bei einigen Schwimmrunden im 'Asphalt Green Aquacenter' ausklingen lassen. Mal sehen ...*

Noch nie hatte sie Scott so wütend erlebt wie heute. *Okay, ich habe es wirklich richtig vermasselt, keine Frage*, dachte sie bitter. *Ich habe mir den Ärger redlich verdient. Dass er mich in einen Zwangsurlaub schickt, ist ihm nicht zu verübeln. Doch warum sollte ich die einzigen Attribute abgeben, die mein derzeitiges Leben ausmachen? Den anderen hätte er ganz sicher nicht die Marke und schon gar nicht die Waffe weggenommen. Also zumindest so lange nicht, bis die Kommission die Untersuchung der Einheit für den Delinquenten negativ abgeschlossen hat. Warum verlangt er von mir deutlich mehr als von den Kollegen? Weshalb dann noch dieser Wunsch nach einer Therapie? Ist das nicht irgendwie mein Problem?* Selbst wenn sie im Inneren spürte, dass dies genau der richtige Schritt war, sich den Dämonen der Vergangenheit zu stellen, so war ihr unangenehm, dass gerade Scott es anscheinend erkannt hatte.

Er war für sie wie auch für alle anderen im Team ein Mentor. Obwohl er nicht der Älteste in der Runde war, strahlte er ein unglaubliches Charisma aus, das man sich für Personen in seiner Position wünschte. Dabei war jeder von ihren Kollegen, mit denen sie tagtäglich mehrere Stunden ein Großraumbüro teilte, jemand Besonderes.

Dr. Bryan Goseburn war deutlich älter und eine absolute Koryphäe auf dem Gebiet der Individualpsychologie. Ehemals hatte er gute Aussichten für den leitenden Posten gehabt. Doch offiziell verzichtete er zugunsten von Scott darauf. Inoffiziell stand er vor der Entscheidung, seine Ehe oder die zusätzliche Verantwortung zu wählen, die dieser Chefposten mit sich brachte. Er entschied sich für seine Beziehung und zählte damit zu einer Minderheit beim gesamten FBI.

Der Ruhepol des Teams, die erfahrene forensische Toxikologin im Vorpensionsalter, Dr. Michelle Bellamy, besaß diese besondere Ausstrahlung nicht, die Scott von Natur aus gegeben war. Ganz zu schweigen vom Küken der Einheit, dem hochbegabten Informatiker Josh McMelma.

Sie sind mir im Laufe der Jahre näher gekommen als meine Eltern, dachte Angel sentimental. Doch es gab einen anderen Grund, weshalb sie die Schattenseite ihrer Vergangenheit für sich behielt, obwohl sie mit Scott so vertraut war. Sie ahnte schlicht und ergreifend nicht, wie er darauf reagieren würde. Schon seit einiger Zeit verdrängte sie das aufsteigende Kribbeln in der Bauchgegend, wenn ihr Vorgesetzter in seinem maßgeschneiderten Anzug vor dem Team eine Besprechung abhielt. *Sollte er mehr über mich erfahren?* Doch seinen mitleidigen Blick könnte sie nicht ertragen.

Außerdem ist er mein Chef!, versuchte sie sich selbst erneut von der Richtigkeit der Tatsache zu überzeugen, ihn nicht aufgeklärt zu haben, während ihre vom Einkaufen müden Füße in Pumps die Backsteintreppe des fünfstöckigen Mehrfamilienhauses erklommen.

Angels Brieffach quoll über vor Korrespondenz, wie sie erstaunt feststellte. Offenbar hatte sie seit einiger Zeit vergessen, es auszuräumen. Mit einem Seufzer stellte sie die Einkaufstaschen auf dem Marmorboden ab und wählte eine halbwegs leere davon aus. Die Briefflut ließ sie einfach hineinfallen.

Was habe ich mir bloß bei diesem Frustbummel gedacht?, überlegte sie mürrisch. *Nun muss ich auch noch all die Tragetaschen ins zweite Stockwerk bringen, wohl wissend, dass ich einige der Sachen höchstens einmal anziehen werde.* Tief seufzend legte sie die Taschenträger zum Hochheben zusammen.

Wie zu erwarten war, stand Oreo bereits am Eingang, als die Tür aufging. Der pechschwarze Kater strich ihre Beine entlang, als würde er alle Gerüche des miserablen Tages beseitigen wollen. Angel streichelte zärtlich seinen weichen Nacken, was das Tier zu noch mehr Schmuseeinheiten animierte.

»Nun lass mich hinein, du Verrückter! Ab sofort habe ich viel Zeit für dich.« Sie lächelte.

Mit steigender Erheiterung registrierte die Ermittlerin, dass diese Worte ihre alte Nachbarin von gegenüber zur Beendigung des üblichen Lauschangriffes bewegten. Das gewohnte Auge verschwand aus dem Sichtfeld des Türspions, während sich die Tür zu Angels Appartement schloss.

Der gleiche Flur wie heute früh, als sie die Wohnung übereilt verlassen hatte, die selben Zimmer … Und dennoch fühlte sich jetzt alles anders an. Plötzlich nahm sie jedes Detail deutlich intensiver wahr als an Tagen, an denen sie ihre Bleibe lediglich zum

Übernachten missbrauchte. *Nun habe ich Urlaub!* Ein Begriff, der nicht unbedingt in ihren Wortschatz der vergangenen Jahre passte.

Selbst wenn sie sich frei nahm, ließ sie sich gern anrufen, falls Scott oder jemand aus dem Team ihre Hilfe benötigte. Diesmal lag der Sachverhalt anders. Man würde sie ausnahmslos vom Job weghalten. Das bedeutete wiederum, dass sie dringend eine Ablenkung brauchte, um nicht durchzudrehen.

Ein weiterer Stups an der Wade brachte sie augenblicklich in die Gegenwart zurück. »Oreo, mein Schätzchen. Ich habe dich fast vergessen! Du hast sicherlich Hunger? Oh, was bin ich für ein böses Frauchen!«

Als hätte der Kater sie verstanden, sprintete er voller Erwartung in die Küche. Angel folgte ihm mit einigen Tüten, aus denen sie ein Döschen Katzenfutter herausnahm. Bei dem erfreuten Schnurren ihres Freundes lächelte sie.

»Du hast es schon richtig erkannt, Kleiner. Dein Lieblingsfutter wird gleich serviert. Nur noch einen Augenblick Geduld!«

Während Oreo sein Fressen in Rekordzeit verputzte, schaute sie sich in der eigenen Küche um. Alles in allem war sie recht aufgeräumt, doch in manchen Ecken tummelten sich Staubschichten, als sollte die Besitzerin auf eine Vernachlässigung hingewiesen werden. Der Fall mit dem Kinderhändlerring schien sie in letzter Zeit so eingenommen zu haben, dass sie die Welt um sich herum vergessen hatte.

Die Wohnung zu putzen wird eines meiner ersten Projekte, überlegte sie. Die modernen, in Fuchsia gehaltenen Schränke verliehen dem Raum sehr viel Wärme. Das Putzen war für sie eine Sisyphusarbeit, dessen Ergebnis angesichts des haarenden Katers nur für kurze Zeit anhielt. Wenn sie noch die restlichen beiden Zimmer und das Bad in die Putztätigkeit einschloss, hätte sie Beschäftigung für zwei Tage, bevor es von vorne anfing. Mehr aber nicht. Dann würde alles wieder glänzen!

Irgendetwas wird mir danach schon einfallen, tröstete sie sich und beschloss, zunächst ihre Routine so einzuhalten, als hätte sie keinen

Urlaub. Damit eben auch den freitäglichen Schwimmkurs, sobald sie den Einkauf sortiert hatte. Daher fiel die Dusche erst mal aus.

Mit einer Jogginghose und einem der Figur schmeichelnden T-Shirt bekleidet, nahm sie die verbliebenen Tüten vom Boden im Wohnzimmer und schmiss sie achtlos auf die Ledercouch. »Was für ein blöder Tag!« Angels Frust entlud sich zunehmend, nachdem sie eine bequeme, doch wenig frauliche Sitzposition eingenommen hatte. Oreo störte sich kein bisschen an dem Anblick, sondern folgte seinem Frauchen schnurrend, um sich seitlich an ihren Oberschenkel zu schmiegen.

»Ja, so fühlt sich Zuhause an, mein Kleiner!« Die vertraute Situation verführte das Tierchen dazu, ihre Worte mit dem Schließen seiner Augen zu quittieren, bevor ihn die Müdigkeit vollständig übermannte. Vorsichtig, um den glücklichen Kater nicht zu stören, widmete sich Angel dem Inhalt der Tüten. Als Erstes nahm sie sich ihre Korrespondenz vor.

Meist waren es Rechnungen über Wasser, Strom oder jede Menge Werbung ... Der Großteil davon landete wieder ungeöffnet auf dem Stapel fürs Altpapier. Bis auf diesen einen Brief in einem auffällig roten Umschlag, auf dem in Druckbuchstaben ihr Name geschrieben stand.

»Hallo Sarah, ich bin es, Angel.«

»Hey, du hast lange nichts von dir hören lassen.« Die Stimme ihrer einzigen Freundin, die sie bereits aus Schulzeiten kannte, am Telefon zu hören, war erholsam. »Ich habe mir schon Sorgen gemacht. Wie geht es dir?« Die vertraute Tonlage verriet, dass es eigentlich unwichtig war, ob gerade Funkstille zwischen ihnen geherrscht hatte. Das Gefühl, eine Seelenverwandte zu sprechen, stellte sich immer sofort wieder ein. Sarah Payne gehörte zu den wenigen Menschen, die trotz deren aufreibenden Jobs noch engen Kontakt zu der Ermittlerin pflegten.

»Naja, geht so. Heute wurde ich erst mal für unbestimmte Zeit von der Arbeit beurlaubt, weil ich diesmal so richtig Mist gebaut habe. Es sind nicht mal ein paar Stunden vergangen, und mir fällt schon die Decke auf den Kopf.« Angel entschied sich, gleich die Wahrheit zu sagen. *Was soll's? Sie wird es sowieso raushören. Dazu kennt sie mich zu gut!*

»Beurlaubt? Auf unbestimmte Zeit?« Sarahs Gedanken hingen noch am Anfang der unerfreulichen Neuigkeiten.

»Das ist Stoff für einen richtigen Mädchenabend. Hättest du heute vielleicht spontan Lust? Ich muss mit jemandem reden, sonst platze ich!«

»Was hältst du davon, wenn ich gleich käme? Mein Bruder ist zwar gerade zu Besuch, doch das wäre kein Problem. Aber komm schon, da ist noch etwas, oder? Erzähl!« Im Hintergrund konnte man Sidneys melodisches Lachen hören. Ein kleiner Stich der Sehnsucht nach Gesellschaft durchfuhr sie. Unabhängig davon, ob ihre Freundin einen Partner hatte oder nicht - einsam war sie mit ihrem Bruder nicht. Angel war das nicht vergönnt, sie hatte keine Geschwister.

»Na gut. Ich sage es dir, weil ich irgendwie aufgeregt bin! Gerade fand ich in meinem Postkasten einen Brief. Darin befanden sich zwei Karten für ein Jazzkonzert von Ramsey Lewis & Philipp Brailey im 'Blue Note'. Davon habe ich letztens ganz viele Flyer im

Schwimmbad am Counter gesehen. Scheint eine recht bekannte Show zu sein. Sie findet in einer Woche statt, am Samstag um halb elf. Im Umschlag lag außerdem eine Karte, auf der mit Schreibmaschine geschrieben stand:

'Ich habe deinen Geburtstag doch nicht vergessen.

Mach dir einen schönen Tag mit deiner Freundin.

Wir sehen uns dort.'

Ohne Unterschrift. Also dachte ich, ich frage dich, ob du Zeit hast?«

»Für dich immer, Angel. Klingt sehr gut. Und da stand wirklich kein Name drin?« Sarahs Stimme klang misstrauisch. «Ich meine, dein Geburtstag liegt schon etwas zurück.«

Angel lachte. »Ich weiß, Schatz. Scott war der einzige meiner wenigen Freunde, der meinen Geburtstag tatsächlich vergessen hat. Kannst du dir vorstellen, welche Art von Musik sein CD-Regal zum großen Teil beherrscht? Und noch eins! Rate mal, über wen wir schon mal gescherzt haben, dass er vermutlich gar nicht ohne Tastatur schreiben kann? Wer soll das sonst sein? Er möchte mich sicher überraschen!«

»Willst du ihn nicht lieber fragen? Ich meine, so sicherheitshalber ... «

»Genau das ist das Problem, worüber wir unbedingt reden müssen. Scott ist im Moment so richtig sauer auf mich. Ich habe einen Einsatz ganz schön vermasselt ... « Angel wurde diesmal übel bei der Erinnerung an den gescheiterten Zugriff. *Die Einladung ist aber wirklich süß gewesen!* Ein schlechtes Gewissen machte sich in ihr breit. *Es wird sicher dauern, bis seine Wut verflogen ist ...*

»Unter diesen Umständen fahre ich tatsächlich sofort zu dir!« Sarah erfasste offenbar endlich den Ernst der Lage.

»Nein, lass mal! Nachher haben wir noch genug Zeit zum Quatschen. Ich werde jetzt schwimmen gehen, und du kümmerst dich um dein süßes Brüderchen, in Ordnung?« Im Hintergrund hörte sie jemand sprechen, konnte das Gesagte am Apparat schlecht verstehen. Ihre Freundin wirkte plötzlich abgelenkt.

Angel erinnerte sich kurz daran, wie er aussah. Wäre Sydney nicht fünf Jahre jünger als sie, dann wäre er der perfekte Partner. Sportlich, immer gut gelaunt, groß ... Ein Mann, auf den man sich jederzeit verlassen konnte. Und zurzeit ebenfalls Single. Der wahrgewordene Traum aller Frauen. Ein frischgebackener Dreißiger, den sie niemals getroffen hätte, wäre er nicht der Bruder ihrer besten Freundin. Vermutlich, weil sie nicht auf diese netten, höflichen Typen stand, sondern eher auf so richtige Arschlöcher.

Über kurz oder lang scheiterte dann jedes Verhältnis an den kleinsten Problemen des Alltags, daher beendete sie das Zusammensein immer, bevor es unschön wurde. *Vielleicht war der Richtige einfach noch nicht dabei gewesen?* Heimlich wartete Angel auf den einen, besonderen Typ von Mann, der für sie eine Herausforderung bedeutete. *Wie Scott.* Der Name spukte ihr unkontrolliert im Kopf herum, obwohl sie wusste, dass sie genau diesen Gedanken schleunigst unterdrücken sollte.

»Einverstanden! Bis später!« Jetzt schien Syd Sarah auch noch mit seiner Laune angesteckt zu haben. *Dieser 'Weiberabend' wird sich vermutlich zu einem entwickeln, bei dem wir am Ende vor Lachen nicht einschlafen werden.* Das war eine schöne Vorstellung. Angel legte auf.

Wenigstens kann ich den Jazzabend nutzen, mich wieder mit Scott auszusöhnen, dachte sie, während ihr Schmetterlinge im Bauch hochstiegen. Als wollte sie sich von diesem Gefühl befreien, schüttelte sie den Kopf. *Es ist höchste Zeit, meine Schwimmtasche zu packen.*

Kapitel 4

Der Angstheiler beobachtete konzentriert, wie sich das Schwimmbad mit neuen Schwimmwilligen füllte. Die Uhr über dem Eingang zeigte bereits 21h. Doch Angel war immer noch nicht da. Wut stieg in ihm auf.

Wie kann sie mir das antun? Eine ganze Woche hatte er gewartet, um sie endlich wiederzusehen. *Wie hat sie auf meine Einladung zum Jazzkonzert reagiert? Wird sie kommen?*

So viel Mühe hatte es ihm bereitet, ihr die Karten kurzfristig und unbemerkt vor dem Termin zukommen zu lassen. Deutlich mehr, als er es bei den anderen seiner Patienten getan hatte. Der Teil der Jagd bestand im Moment darin, ihr abends nachzulaufen und heimlich Informationen über sie zu sammeln.

Bis auf diese zwei Tage, an denen sie kaum in die Wohnung kam. Ohne dass es irgendjemandem auffiel, konnte er aber nicht vor dem Haus warten. Plötzlich erhellte sich sein Gesicht. Dieser Badeanzug, diese Figur ... Angel betrat die Schwimmhalle. Wassertropfen von der Dusche auf ihrem wohlgeformten Körper spiegelten die Lichter der bunten Reflektoren an der Decke wider.

Mit großem Bedauern setzte der Angstheiler die Schwimmbrille auf, damit sie sich sein Gesicht nicht einprägen konnte, während er ihre graziösen Bewegungen im Wasser wie ein Schwamm in sich aufsog. Das Plastik seiner Brille war etwas beschlagen, daher fiel es ihm schwer, scharf zu sehen. Und dennoch ...

So muss es auch einem Tiger ergehen, wenn er sich auf der Jagd in der Savanne versteckt, ging es ihm durch den Kopf. *Doch ich bin besser als diese schlaue Raubkatze! Nicht auf das schwächste Mitglied der Herde habe ich es abgesehen. Angel ist unumstritten ein Juwel unter ihnen. Nachdem sie den Weg zum Licht gegangen ist, wird meine Kraft gottgleich werden!*

Erfreulicherweise folgte die Ermittlerin immer dem gleichen Muster, was er am Alltag von Alleinlebenden so schätzte. Rituale erleichterten auch ihm die Arbeit. Normen, Werte, Regeln bekamen stets die oberste Priorität in seinem Leben.

Der eigentliche Grund, weshalb er gerade Angel auserwählt hatte, war nicht ihr attraktives Äußeres. Er fühlte sich von Frauen grundsätzlich nicht sexuell angezogen. Der Zweck seines Daseins bestand für ihn schließlich nicht darin, primitive Bedürfnisse zu stillen.

In Angel sah er zum ersten Mal den heilenden Kampf zwischen den Dämonen der Finsternis und den Wächtern des Lichts. Ihr Inneres war von einer spürbaren Stärke erfüllt, die die Mächte ihrer Vergangenheit zu bändigen schienen. In ihrem Herzen verborgen lauerte Panik, die er intuitiv erkannt hatte.

An ihrem Gang ... Daran, wie sie ihren Kopf neigte ... Sie hatte vor etwas Angst! Diese Angst würde er mit ihr gemeinsam besiegen.

Er sah plötzlich, dass das Objekt seiner Begierde gedankenverloren lächelte, als sie eine kurze Schwimmpause am Beckenrand einlegte.

Warum tut sie das? Freut sie sich auf die Einladung zum Konzert? Erwartet sie dort ihren Erlöser? Angel streckte ihre Arme an der Beckenwand zum Dehnen aus. Für einen Augenblick verharrte sie in dieser Position. Diese Armstellung, während die Füße senkrecht auf dem Boden nebeneinander standen und der Kopf nach oben schaute, kam ihm seltsam vertraut vor, sodass er dem Bedürfnis, sie zu fesseln, nur schwer widerstehen konnte.

Wie meine Mutter, als ich sie in der Küche fand. Eine Woge der Erinnerung stieg in ihm hoch.

Mit dir habe ich Höheres vor!, versprach er ihr in Gedanken. Dass sie seine Anwesenheit außer Acht ließ, störte ihn nicht. Es gab ihm die Möglichkeit, sich mit ihr vertrauter zu machen ... Ihre Schwächen abzuschätzen ... Sein Opfer zu verstehen ...

Das Wasser schien ein Element zu sein, in dem sich Angel unheimlich wohl fühlte. Wie ein Delphin tauchte sie im Takt in die kühle Nässe ein, um darin die Last der aufgebrauchten Luft loszuwerden und gleich darauf ihre Lungen mit einer frischen Ladung des Lebenselixiers zu füllen.

Ohne Unterbrechung ...

Was für ein Triumph wird es für mich sein, diesen Vorgang umzukehren! Zu sehen, wie das Flusswasser die Luft in deinen Lungen verdrängen wird. Und wie du es widerstandslos tun wirst. Einfach der Erleuchtung wegen! Denn so vertraut mit dem Wasser war bisher keiner von ihnen!

Diese Vorstellung erregte ihn derartig, dass er beschloss, selbst einige Runden zu schwimmen. Im Anschluss würde er das Schwimmbecken verlassen und draußen im Schatten seines vom Eingang entfernt parkenden Autos auf sie lauern. *Nun bist du mein!*

Kapitel 5

Samstag, 14.06.2014

Eine ganze Woche lang fieberte Angel diesem derzeit einzigen Höhepunkt ihres sonst eher eintönigen Zwangsurlaubs entgegen.

Um sich von der ereignislosen Phase abzulenken, nahm sie sich in den letzten drei Tagen vor, nebenbei stark an ihrem Äußeren zu arbeiten. An das Ergebnis musste sie sich allerdings noch gewöhnen. *Alles soll heute stimmen! Immerhin sehe ich Scott nach einer Woche wieder.*

Angel fühlte den Druck ihrer eigenen hohen Erwartungen unangenehm in sich aufsteigen. Sie fragte sich, ob es tatsächlich notwendig war, ein Taxi zu nehmen. Reichlich Alkohol beim Jazzkonzert zu trinken, war nicht ihre Absicht. Und die U-Bahn war nachts verfügbar.

»Ich glaube es immer noch nicht, Angel. Und wie fühlst du dich mit der neuen Frisur?« Sarah fuhr ihr wieder durch die rabenschwarzen Haare. Die Neonlichter der Straßenbeleuchtung vermischten sich durch die hohe Geschwindigkeit des Taxis zu einer einzigen bunten Masse. Die wahren Zeichen einer ruhelosen Großstadt ...

»Mein neues Spiegelbild ist mir immer noch fremd! Vermutlich wird es eine Weile dauern, bis ich mich daran gewöhnt habe, kein blondes Rapunzel mehr im Spiegel zu sehen.« Angel grinste.

»Was die Prinzessinnen betrifft, siehst du nach dieser Verwandlung eher wie Schneewittchen aus.« Sarah konnte ebenfalls ein Kichern nicht unterdrücken. »Kennst du das Märchen? Meine Mutter las es mir früher oft vor ... Warte: Hätt' ich ein Kind, so weiß wie Schnee, so rot wie Blut und so schwarz wie Ebenholz!«

Auch wenn Angel ihre Freundin mit einem bösen Blick neckisch rügte, wussten sie beide, dass dies nur ein Spaß ihrer tief gehenden Freundschaft war.

»Mal ernst. Dieser Bobschnitt steht dir wirklich sehr gut. Weißt du, an wen du mich erinnerst? An Charlize Theron in dem Film … Hmmm … « Sarah überlegte flüchtig. »Æon Flux … Genau! Sie hatte auch so kurze, dunkle Haare und sah damit unheimlich sexy aus!«

Diesmal schaute sogar der Taxifahrer tiefer in seinen Rückspiegel hinein und grinste freundlich.

»Hör auf, Sarah! Jetzt machst du mich verlegen!« Trotz der vorgetäuschten Begeisterung konnte man Angels Nervosität spüren. Der Zwangsurlaub schien der FBI-Agentin nur körperlich gut zu bekommen, zumal Scott Goodwin dem Team auferlegt hatte, sie nur im äußersten Notfall zu bemühen, um sie zu schonen. Hin und wieder rief Josh bei ihr an, um nach ihrem Wohlergehen zu fragen. Im Büro gab es wohl gerade einiges zu tun.

Von ihm erfuhr Angel, dass die internen Untersuchungen zu ihrem missglückten Einsatz auf Hochtouren liefen. Scott ließ nicht den geringsten Zweifel daran entstehen, dass er interessiert war, sie im Team zu behalten. Das war schon mal beruhigend. Vermutlich würde sie bei dem heutigen Jazz-Konzert den weiteren Stand der Ermittlungen erfahren. Ob sie sich gerade verstanden oder nicht, angelogen hatte er sie noch niemals. *Ich möchte Scott aber nicht drängen*, nahm sie sich vor. *Schließlich soll das gleich ein schöner Abend werden.*

Es war nicht so, dass sie sich nicht eine Woche lang den Kopf zermartert hätte, warum er sie ausgerechnet mit einer Freundin treffen wollte. Immer und immer wieder überlegte sie. Dass sie nebenbei ihre Wohnung auf Hochglanz gebracht hatte, brachte keine Ablenkung mit sich. *Traue ich mich nicht oder bin ich zu stolz, mich bei Scott persönlich für die Einladung zu bedanken?* Angel war sich ihrer Antwort nicht sicher, daher hatte sie die Frage bis heute mühsam vor sich her geschoben.

»Danke, Liebes. Gestern hätte ich den Friseurbesuch beinah bereut, doch ich brauchte jetzt einen gravierenden Wechsel im Leben. Alles soll anders werden!« Für einen Augenblick wog Angel ab, Sarah den Grund ihrer Aufregung zu verschweigen. *Sie wird es sicherlich ahnen.*

Da sie wusste, dass der Taxifahrer heimlich mithörte, senkte sie ihre Stimme. »Ich habe ganz schön Bammel, Scott wiederzusehen! So wütend wie beim letzten Mal habe ich ihn noch nie erlebt!«

»Ach was!« Sarah strahlte mal wieder Zuversicht aus, so, wie es Angel nicht anders kannte. »Alles wird sich einrenken! Du hast von Josh gehört, dass *der Chef*, seit du nicht mehr da bist, besonders gereizt ist! Letztendlich kann man es so sehen: Es ist 'nur' menschlicher Abschaum umgekommen, den ihr sonst hättet laufen lassen müssen. Wie die übrigen Gefangenen eben auch. Nicht zu vergessen, dass dich dieser Kriminelle dazu noch angegriffen hat. Also ist er irgendwo selbst schuld, oder nicht?«

Angel nickte und schwieg. *Ich will es ähnlich sehen, doch du kennst nur die halbe Wahrheit über mich, Sarah! Bei diesem Einsatz war ich nicht so neutral, wie ich es hätte sein sollen, und das war ein großer Fehler, der nie wieder passieren darf!*

In diesem Moment bog der Taxifahrer in den Washington Square ein und verlangsamte sein Tempo merklich, was Angels Herzschlag unangenehm beschleunigte. Ihre Freundin schien durch besonders intensives Geplänkel die Unruhe auflösen zu wollen. Doch Angel empfing nur Bruchstücke des Gesagten. *Ich werde beim Konzert am besten so tun, als wäre nichts passiert. Wir müssen es irgendwie schaffen, das zu klären!*

»Hör mal! Ich bin die ganze Zeit bei dir! Es wird schon nett sein. Mach dir keinen Kopf.« Sarah schien ihre Gedanken wahrzunehmen.

Zerstreut und möglichst langsam stieg Angel aus dem Taxi, während ihre Freundin noch die Fahrt bezahlte. *Was hätte ich mich jetzt über einen kleinen Fußmarsch gefreut!* Stattdessen standen sie direkt vor einem Gebäude, das am Abend in einem tiefen Blau erstrahlte. Nur wenige Schritte von dem großzügigen Spender der heutigen Veranstaltung entfernt ...

Rein äußerlich versprach es, ein wirklich begehrtes Konzert zu werden. Unmengen von Leuten tummelten sich vorm Eingang des 'Blue Note'. Selbst das golden umrahmte Schaufenster für die

Programmreklame war so dicht von Besuchern umstellt, dass jeglicher Blick auf die Bilder der Stars des Abends verwehrt wurde.

Angel schaute in die Menschentraube. Ihr entging nicht, dass sich der warme Sommer sehr gut an der Garderobe der Gäste ableiten ließ. Während die Männer mit legeren Jeans und kurzärmligen Hemden oder T-Shirts bekleidet waren, trugen die Frauen eher leichte, luftige Kleider.

In eine schwarze Stoffhose und ein ebenso dezentes, seidenes Hemdchen gehüllt, fiel Angel daher nicht so unangenehm auf, wie sie es erwartet hatte. Sarah ging mit ihrem dunklen Sommerkleid angesichts des reichhaltigen Angebots an Damenroben unter. *Sich in der Menge nicht aus den Augen zu verlieren, wird eine große Aufgabe werden!*

»Lass uns mal direkt am Eingang anstellen. Die Eintrittskarten haben wir ja schon!« Sarah sprach das derart laut und deutlich aus, als wollte sie mehr die Menschenmasse als ihre Freundin beschwichtigen.

Kapitel 6

Der Angstheiler, lehnte sich endlich entspannt auf seinem Balkonsitz zurück. Nun war er ein nicht zu identifizierender Teil der chaotischen Menschenmenge. Dabei hätte heute alles schiefgehen können!

Angels Kommen wäre ihm fast entgangen: Er erwartete eine Blondine. Ihre neue Ausgabe als *Lady in black* fiel ihm erst recht spät auf, nachdem sie graziös den Konzertraum des Jazzclubs betreten hatte und im Gegensatz zu den anderen Zuschauern wie angewurzelt stehen blieb. Ihre Augen glitten durch die Menge auf der Suche nach jemandem, den sie offensichtlich erwartete. *Sucht sie nach ihrer Freundin? Oder kommt sie in männlicher Begleitung?* Für einen kurzen Augenblick überkam ihn Furcht. Doch die verschwand genauso schnell, wie sie gekommen war, als Sarah auftauchte.

Der Angstheiler seufzte erleichtert. Er fühlte sich endlich wohl. Ein anonymer Jäger unter ahnungslosen Menschen. Selbst mit Schwimmbrille würde sie ihn vermutlich nicht erkennen. Noch war er ein Niemand für sie.

Es blieb jede Menge Zeit, das kleine Mäuschen, das so graziös in seine Falle getappt war, zu beobachten. Als sie im nächsten Moment beide dem Kellner folgten, der den Frauen ihren direkt an der Bühne gebuchten Platz zuwies, konnte der Angstheiler ein selbstzufriedenes Grinsen nicht unterdrücken. *Alles läuft wie geschmiert - nach Plan!*

Für einen der angesagtesten Clubs war die New Yorker Ausgabe vom 'Blue Note' nahezu peinlich winzig im Vergleich zu ihrem Ableger in Tokyo. Seitlich des schmalen Raums befand sich eine recht gedrungene Künstlerbühne, zu deren Füßen Sechsertische angereiht standen. Die blaue Farbe spiegelte sich nicht nur in der Außenbeleuchtung, sondern auch noch im für solche Lokalitäten nicht ungewohnten Mobiliar wider. Klein, aber gemütlich, war hier das Motto.

Die Reservierung der Plätze war in allen 'Blue Note'-Ablegern dagegen eher unüblich. Daher ließ sich der Angstheiler diese Besonderheit etwas kosten. Und das natürlich mit einer rührseligen Ausrede, dass es der allerletzte Wunsch seiner todkranken Schwester sei. Der Gedanke, dass er durch die Perücke und die verdunkelten Gläser seiner Brille, die er bei der Reservierung getragen hatte, bereits nach gut zwei Wochen vom Personal nicht mehr erkannt werden würde, brachte ihn zum Lächeln. *Wie manipulierbar ihr Menschen doch seid!*

Es hat sich allemal gelohnt, sich so viel Mühe für dieses reizende Spektakel zu geben, das sich mir nun eröffnen wird. Wie geplant nahm Angel genau den Platz ein, den er für sie in seiner Fantasie vorgesehen hatte. Nun konnte er sie bestens beobachten. So nah war er ihr nie gewesen - nicht mal im Schwimmbad.

Heute ist ganz offensichtlich mein Glückstag! Erregung stieg in ihm hoch. *Nur, wen sucht sie schon wieder mit ihrem Blick? Wen erwartete sie noch?* Die Beantwortung dieser Frage musste er sich für die Zukunft aufheben. *Eines Tages wird sie es vielleicht dem 'großartigen' Professor Latton verraten. Dann werde ich es erfahren.*

Ungeachtet der Hektik, die um ihn herum herrschte, setzte der Angstheiler seine Inspizierung der Situation an Angels Tisch fort. *Eine interessante Abwandlung der Eingangsparameter* lächelte er in sich hinein. Die Verwandlung im Aussehen seines Opfers gefiel ihm. *Gilt es etwa der geheimnisvollen Person, nach der sie gerade Ausschau hält? Und warum brauchte sie Veränderung?*

Ganz sicher galt dieses neue Erscheinungsbild einem Mann, wie es der enttäuschte Ausdruck in Angels Gesicht verriet. Hätte der Angstheiler ein wenig Gefühl für seine Leidtragenden übrig gehabt, so hätte er ihr dieses grausame Ratespiel erspart. Sie wäre vielleicht sogar sein Frauentyp gewesen. Natürlich nur, wenn er Frauen bevorzugen würde. Doch trug sie nun etwas Gefährliches, Unberechenbares in sich, dem ein Mann nur mit äußerster Mühe widerstehen konnte.

Wie ein schwarzer Panther dachte er. Nun war sie nicht mehr die harmlose Blondine von früher. Auf diese Weise würde der Spaß deutlich größer werden, sie endgültig zu besitzen. Und sie dann von ihren Ängsten zu befreien.

Daher wunderte es den Angstheiler nicht sonderlich, dass sich sofort zwei Männer neben beide Frauen gesellten. *Wie primitiv Y-Chromosom-Träger stets wurden, wenn sie den Hauch einer Chance für Kopulation in der Luft witterten. Hoffentlich versaut mir dieses dämliche Balzverhalten nicht meinen Plan.* Als er jedoch Angels desinteressierten Blick sah, verlor der Schrecken seine Kraft.

Braves Mädchen!, dachte er zufrieden. *Mit dir habe ich schon etwas Besseres vor!* Nun musste er dafür sorgen, dass der nächste Teil des Vorhabens funktionierte und der Psychologe endlich erschien.

*****

»Ach wirklich?« Sarah kicherte wie ein Schulmädchen.

Diese Reaktion kannte Angel bei ihrer Freundin. Aus irgendeinem nicht nachvollziehbaren Grund fand sie den Langweiler, der ihr gegenüber am Tisch saß, äußerst amüsant.

»Doch, ich kann Frauen tatsächlich glücklich machen! Ich bin der Filialleiter eines Schuhgeschäfts.« Ihr unnatürlich gebräunter Sitznachbar entblößte bei dieser Floskel zu einem nicht weniger falschen Lächeln seine makellosen Dritten.

Angel wurde schlecht. Zweifelnd schaute sie ihre Freundin an, die auch noch auf diese billige Masche reinzufallen schien. Es war, als hätte man diese sonst seriöse Lehrerin an der Elementary School auf das Reifeniveau ihrer Schüler gebracht. Und das passierte immer wieder, wenn Sarah einen Mann attraktiv fand. Seit ihrer eigenen Schulzeit hatte sich insofern nichts geändert ...

Wo bleibt nur Scott?, fragte sich Angel mit steigender Unruhe. *Nachdem er genau diesen Tisch reserviert hat, müsste er wissen, wo wir sitzen. Dann ist es halb so schlimm, wenn er etwas später kommt. Vielleicht musste er noch im Büro bleiben? Eventuell sogar wegen der internen Untersuchung? Möglicherweise lässt er mich aber auch nur zappeln?*

Zum x-ten Mal ließ sie den Blick über den Saal schweifen. Unablässig strömten weitere Menschenmassen hinein. Doch das ihr so vertraute Gesicht wollte nicht erscheinen. Aus der Verunsicherung heraus keimte plötzlich in ihr ein absurder Gedanke auf, den sie bisher noch nicht wirklich zugelassen hatte. *Was, wenn es nicht Scotts Einladung war, die ich bekommen habe?*

Warum war sie bloß so sicher, dass das Briefchen von ihm gekommen war? Nur der Musikrichtung wegen? Angel ging die bekannten Namen in Gedanken durch. *Falls es nicht Scott war, war es vielleicht Bryan Goseburn? Josh? Der hätte es mir erzählt. Möglicherweise gar kein Mann, sondern die freundliche Michelle Bellamy? Oder gar niemand aus dem Team? Sie haben mir fast alle zum Geburtstag gratuliert. Alle, bis auf Scott, der bis zum Wochenende Urlaub hatte und mit seinem Sohn campen gewesen war.* Angel hatte dafür vollstes Verständnis, denn sie wusste, wie zermürbend der Kampf um etwas gemeinsame Zeit mit dem störrischen Jungen war.

Und wenn es tatsächlich niemand vom Team war? Unvorstellbar. In ihrer näheren Umgebung gab es keine Freunde außer Sarah. Angels vollkommen auf die Arbeit orientierter Lebensstil verlangte Verständnis für die fehlende Zeit, in der sich Menschen normalerweise trafen, gemeinsame Mittagessen einnahmen, bummelten oder sich einfach bei einer Tasse Kaffee über die Alltagsprobleme austauschten. Dieses Verständnis brachte bisher nur Sarah mit.

Der Drang zum Alleinsein war Angels seltene Gabe, die jede Beziehung nicht länger als ein Jahr bestehen ließ. Außer denen zu ihrem Kater Oreo und zu ihrer Freundin. Es gab weder Nachbarn noch Freunde oder gar Ex-Partner, mit denen sie so viel Umgang pflegte, dass das eine Einladung zum Jazz-Club rechtfertigen würde. Selbst zu ihren Eltern hatte sie immer seltener Kontakt. Scott war der einzige, der ihr in diesem Zusammenhang einfiel.

»Und du, was machst du beruflich?« Eine raue Männerstimme, begleitet durch einen Druck an der Hand, katapultierte sie abrupt aus ihren Gedanken. Nichts hasste Angel mehr als Körperkontakt mit fremden Menschen ohne Vorwarnung. Erst recht nicht, wenn bei einer Handberührung Feuchtigkeit in Form von Schweiß ausgetauscht wurde. *Erregung oder Aufregung?* Sie warf zum letzten

Mal einen Blick in die Menge, bevor sie sich endgültig dem ihr gegenüber sitzenden, äußerst penetranten Mann widmete.

»Ich bin Polizistin.« *Immerhin eine halbe Wahrheit.* Da keine weitere Erklärung seitens des Gesprächspartners mit den schwitzenden Händen folgte, konnte sie nur schlussfolgern, dass er sich bereits vorgestellt haben musste. Ihr Gegenüber hatte nichts, was sie auch nur im Mindesten interessiert hätte. Es war ihr daher nicht wichtig, seinen Namen zu erfragen.

Angel war zutiefst enttäuscht. So hatte sie sich den Abend nicht erträumt! Niemals. Tränen der Enttäuschung stiegen in ihr auf, während die Musiker langsam die Bühne füllten. Vereinzelte Klänge von schrillen Trompeten, gefolgt vom anmutigem Ton eines Saxophones und die eines dieses Chaos beherrschenden Kontrabasses breiteten sich im Raum aus.

Ich muss das Konzert nur überstehen!, versuchte sich Angel aufzubauen, was ihr angesichts des zunehmend intensiveren und lauteren Flirts zwischen Sarah und ihrem Sitznachbarn nicht leicht fiel. Der Schuhverkäufer hatte es ihrer Freundin sichtlich angetan.

Wie großartig!, dachte sie gereizt. Vermutlich würde sie aus Solidarität zu ihr den Rest des Abends mit den beiden Männern in einem Café ausklingen lassen müssen. Darauf hatte sie nun absolut keine Lust.

*****

Unter dem Vorwand, zur Toilette zu wollen, flüchtete sie sich in der Pause auf den Flur, um ihre Nachrichten zu überprüfen. *Vielleicht hat sich Scott doch gemeldet? Möglicherweise konnte er einfach nicht weg.*

»'Blue Notes' sind im eigentlichen Sinne melodische Intervalle, die in ihrer Tonhöhe schwanken. Sie werden schwebend intoniert und erscheinen oft an exponierter Stelle«, flüsterte jemand hinter ihr.

Noch unentschlossen, ob sie diese angenehm klingende Stimme ignorieren oder sich ihrem Besitzer zuwenden sollte, taxierte sie die Informationen auf ihrem Smartphone. *Von Scott keine Spur!* Sie nahm sich fest vor, in der zweiten Pause, falls eine vorgesehen war, alle ihre Kontakte durchzugehen, wer ihr diese verdammten Karten geschenkt haben könnte. *Er ist es offensichtlich nicht!*, dachte sie frustriert. *Wenn er einen Termin nicht einhalten kann, sagt er ihn wenigstens ab.*

»'Blue Notes' haben zwar ihre Wurzeln in Afrika, doch welchen Weg sie letztendlich über Europa zu uns nahmen, ist bisher nicht endgültig geklärt.«

Noch so ein Klugscheißer wie da an meinem Tisch!, dachte Angel diesmal leicht gereizt und konnte nur schwer dem Drang widerstehen, sich nicht umzudrehen.

Die wissenschaftlich angehauchte Erklärung über die Herkunft von 'Blue Notes' kam direkt aus dem Mund eines recht großen Mannes mit Samtstimme und galt tatsächlich Angel. *Will mich dieser Idiot damit beeindrucken?*

»Aha«, quittierte sie. Ihr fielen Grübchen auf, die sein jugendlich verstohlenes Lächeln unheimlich sympathisch machten. Alles an ihm wirkte lässig - von der Kleidung bis zum Dreitagebart. Eine Sorte von Mann, bei dem man nach fünf Minuten glaubte, ihn seit Ewigkeiten zu kennen. Bei solchen Kerlen versagten immer ihre Instinkte, die durch ihre halbjährige Ausbildung in der Marine Corps Base Quantico aufs Äußerste geschärft worden waren.

Den Fremden schien ihr Schweigen keinesfalls zu verunsichern.

»Bitte verzeihen Sie mir meine Manieren. Mein Name ist Robert Latton. Für die anderen bin ich Professor Latton, darum meine seltsame Neigung zur Selbstdarstellung. Stören Sie sich einfach nicht daran. Ich versuche zu überspielen, wie nervös ich bin, neben einer so wunderschönen Frau zu stehen.« Er holte tief Luft. »Okay, alles klar. Ich habe es gerade vermasselt, oder? Soll ich es nochmal probieren? Sie bräuchten sich nur umzudrehen. Den Text kriege ich hin.« Seine Grübchen kamen erneut zum Vorschein und gaben seinem Gesicht eine spitzbübische Nuance.

Die Situation war so skurril, dass Angel nicht anders konnte als zu lächeln.

»Ja, Sie haben es vermasselt. Und nein, ich mache es nicht nochmal mit.« Mit diesen Worten streckte sie dem Fremden ihre Hand entgegen. Er gefiel ihr irgendwie. »Mein Name ist Angel Davis, und ich neige nicht zur Selbstdarstellung, was vermutlich damit zusammenhängt, dass ich keine Professur vorzuweisen habe, wenn wir Ihrer Logik folgen.«

»Umso besser! Mit dem Professor ließen sich sowieso nur meine Studentinnen beeindrucken.« Robert Latton sah Angel verschmitzt an. »Sind Sie - wie ich - von jemandem versetzt worden?«

Sie verneinte kopfschüttelnd und schwieg.

»Zumindest fand ich meinen Mitarbeiter nicht im Saal, was an dem großen Menschenansturm liegen könnte. Aber klar, ich Idiot! Eine so wunderschöne Frau geht nicht ohne Begleitung zum Konzert. Was habe ich mir dabei bloß gedacht? Vielleicht liegt es daran, dass ich versetzt wurde und diesen Zustand auf Sie übertrage? Zumindest ist so etwas unter psychologischen Gesichtspunkten durchaus denkbar.«

Was ist das denn für ein Fatzke? »Dass Sie Ihre eigene Situation auf andere Menschen übertragen?« Angel schaute irritiert.

»Nein.« Robert Latton lachte. »Eigentlich nicht. Ehrlich gesagt ist das meine blödeste Art, Sie zu fragen ... Ach, vergessen Sie es lieber!« Seine Stimme wurde plötzlich unerwartet ernster. Selbst die Grübchen verschwanden aus seinem Gesicht.

»Um was zu fragen?« Ihr Interesse war diesmal nicht gespielt.

»Ob ich Ihnen beim Konzert Gesellschaft leisten könnte ... Aber Sie sind ja in Begleitung.«

Angel lachte. »Wenn man es genau nimmt, wollte ich in der Pause meine Freundin kurz allein lassen. Ganz offensichtlich gefällt ihr mein Sitznachbar, was ich über den anderen Mann an unserem Tisch nicht behaupten kann. Im Gegenteil. Mit seinem Drang zur Konversation verdirbt er mir den heutigen Abend.« *Warum sage ich ihm das überhaupt?*

»Möchten Sie, dass ich Ihnen den Kerl vom Leib halte? Dann haben Sie ihre Ruhe und ich großartige Gesellschaft. Ich werde deutlich netter und ruhiger sein, versprochen!« Erneut lächelten sie Grübchen an.

Noch ehe die FBI-Agentin verneinen konnte, begleitete Robert Latton sie zu ihrem Sitz. Kurz zuvor hatte Sarahs Gesprächspartner offenbar die Gunst der Pause genutzt, sich dicht zu seiner Auserwählten zu setzen. Wie selbstverständlich nahm der neue Bekannte nun neben Angel Platz, womit er seinen potenziellen Konkurrenten endgültig vertrieb.

Und wie versprochen beschränkte er sich auf unverbindlichen Small Talk, bei dem sie sich regelrecht wohlfühlte. *Was reizt mich an diesem Mann? Ist es seine Art, wie er mit mir umgeht? Mal sehr reserviert, mal draufgängerisch? Lohnt es sich, ihn nach seiner Telefonnummer zu fragen, oder wird er es selbst tun?* Die Gedanken um ihre neue Bekanntschaft wollten sie trotz der entspannenden Untermalung nicht loslassen. Sie hatte gleichermaßen Angst vor mehr und davor, dass diese Begegnung heute enden sollte.

Imponiert mir dieser Typ nur? Oder will ich mich von der Enttäuschung mit Scott ablenken? In ihrem Inneren herrschte absolutes Chaos.

Die ersten Zuschauer erhoben sich bereits zum Gehen, bevor der Applaus verhallte. *Der heutige Abend war wirklich eine großartige Idee!*, stand jetzt für Angel fest. *Wer mir diese Karten hat zukommen lassen, hat definitiv etwas gut bei mir!*

Aus dem Augenwinkel konnte sie sehen, wie die Finger des Filialleiters beinah unmerklich immer wieder in Richtung von Sarahs wanderten, während Robert Latton mit den beiden witzelte. Die Stimmung unter ihnen war ausgelassen, deshalb verwunderte es sie nicht, dass die gesamte Gesellschaft beim Duzen angekommen war.

Auch Angel wurde plötzlich bewusst, dass ihr Blick immer seltener zur Schlange am Ausgang wanderte, wo sie nach wie vor Scott erwartete.

Latton erhob sich zum Gehen. »Für den Fall, dass du einen selbstdarstellerischen, unmöglichen Psychologen brauchst, der dich liebend gern zum Essen ausführen würde, wenn du ihm die Chance dazu gibst«, flüsterte er ihr plötzlich ins Ohr. Sie erschauderte wegen der unerwarteten Nähe. Im nächsten Augenblick gab er ihr eine Visitenkarte und verschwand in der Menge, als wäre er nie da gewesen. Ebenso wie der penetrante Mann von vorhin.

Angel war baff. *Ist er etwa schüchtern?* Einen verlegenen Eindruck machte ihr neuer Bekannter eher nicht.

Sarah war in den Flirt mit ihrem Verkäufer so vertieft, dass sie das Verschwinden von Robert nicht bemerkt hatte. Ihre Entrüstung über die unerwartete Flucht versuchte Angel zu verbergen, indem sie ihre Freundin zum Ausgang bugsierte. Was würde sie tun, wenn er draußen doch noch auf sie wartete?

Aber auch als sie die Eingangstür des 'Blue Note' endgültig verlassen hatten, konnte Angel keine Spur mehr von Robert Latton entdecken. Nicht, dass sie wirklich absichtlich gesucht hätte. Nein, sie begnügte sich mit eher unauffälligen Blicken in die Menschenmenge. *Bestand die Möglichkeit, dass er nur einer Abfuhr entgehen wollte?* Ob sie nun enttäuscht oder neugierig war, eines stand fest: Dieser Mann beschäftigte ihre Gedanken.

Vielleicht ist es besser so, dass er weg ist?, versuchte sie sich zu trösten.

Mittlerweile bekam auch Sarah mit, dass sie ihre Freundin etwas vernachlässigt hatte.

»Wo ist denn deine nette Begleitung hin?«, fragte sie verwundert.

»Ach, dieser Kerl musste dringend los. Er hat sich vorhin noch bei uns verabschiedet ...« *Während du dem merkwürdigen Filialleiter schöne Augen gemacht hast.*

Ganz fair war es nicht, denn wirklich verabschiedet hatte sich Robert eigentlich nur von Angel. Dennoch war es nicht in ihrem Sinne, dass er Sarah unfreundlich erschien. Für den Fall, dass sie ihn ein weiteres Mal treffen wollte, konnte sie die Abneigung ihrer Freundin diesem Mann gegenüber nicht gebrauchen. *Sie kann diesen Abend genießen. Ich bin heute nicht in der Lage zu feiern.*

»Willst du mit uns in eine Bar?«, kam prompt die fast erwartete Frage. Angel kannte den Blick. Eigentlich war das eine Mischung aus *»nicht wirklich so gemeint«* und *»lass mich bloß nicht allein«.* Egal, wie sie sich entschied, es war falsch. Als Vorwand wählte sie die altbewährte Migräne, die ihr auch Sarah abnehmen würde. ... Ihre Freundin brauchte ohnehin keinen Babysitter mehr, wenn sie mit ihrem neu eroberten Filialleiter einen Mojito in einer öffentlichen Bar einnahm.

»Die Kopfschmerzen sind heute unerträglich.« Angel machte einen halbwegs glaubhaften Gesichtsausdruck. »Habt einen schönen Restabend. Ich nehme mir ein Taxi nach Hause. Morgen rufe ich dich an.« Mit diesen Worten berührte sie sich unauffällig die Haare.

Es war ihr seit der Kindheit verabredetes Zeichen, dass die Freundin die Situation wirklich unter Kontrolle hatte. Sarah strich sich ebenfalls flüchtig über ihre Frisur. Die kleine Geste, begleitet vom Versprechen, sich am nächsten Tag anzurufen, war derart subtil, dass sie keinem Mann auffiel. Zumal die Augen ihres Begleiters mehr Sarahs Rundungen als ihr Gesicht verfolgten.

Durch die Vorfreude auf das bequeme Bett und ihren Kater, der sie sicher schon vermisste, ließ ihre Aufmerksamkeit merklich nach.

Angel bemerkte den Schatten nicht, der bereits bei ihrer Ankunft in ihrer Wohnung in seinem Versteck darauf lauerte, dass das Licht im zweiten Stock vollständig erlosch, bevor er in der Dunkelheit verschwand.

Kapitel 7

»Milo ist wirklich ein ganz toller Typ. Du wirst ihn mögen!«
Sarahs Stimme klang unangenehm schrill für einen so frühen
Morgen.

Mit einem zwischen Kinn und Schulter eingeklemmten
Telefonhörer versuchte Angel gerade, eine Dose mit Katzenfutter
zu öffnen, was ihr nur mäßig gelang. Die Form der Hörmuschel
war mal wieder ein Fall von typischem Fehlkauf, denn sie ließ leider
kein Multitasking zu. Ständig rutschte sie herunter und zwang die
darüber unglückliche Besitzerin, abrupt zwischen schnellen
Greifbewegungen und dem Hantieren an den Utensilien zu
wechseln. Angel wartete nur darauf, wann das Gespräch von dem
lauten Knall des zu Boden gefallenen Hörers unterbrochen werden
würde. Doch nichts dergleichen geschah.

Während sich Oreo aufdringlich dankbar um ihre Beine
schlängelte, überlegte Angel, welcher neu kennengelernte Mann
von ihrer Freundin zu Beginn einer Beziehung kein »wirklich ganz
toller Typ« gewesen war. Bisher eigentlich keiner.

»Mag sein, Liebes. Hast du vielleicht auf die Uhr gesehen? Warum
bist du schon so früh wach? Es ist doch Sonntag ... «

»Ich bin gar nicht *schon so früh wach*, Angel.« Sarahs vergnügte
Stimmung erreichte ihren Höhepunkt. »Ich bin erst gar nicht ins
Bett gegangen. Wir waren gestern nach dem Konzert noch in einer
Disco und haben nicht mal gemerkt, wie spät es tatsächlich wurde.
Wann habe ich die ganze Nacht durchgetanzt? Zu meiner Uni-Zeit
das letzte Mal, glaube ich«, plapperte sie ohne Unterbrechung. Das
war die anstrengende Seite von Angels Freundin. »Danach war ich
mit Milo frühstücken. Und als ich nach Hause fuhr, dachte ich, du
könntest bereits wach sein! Immerhin ist es acht Uhr.«

»Schon klar. Aber so früh auf bin ich nur, wenn ich arbeite ... «
Angel versuchte, das Gähnen zu unterdrücken. »Willst du mich

vielleicht nachher besuchen? Natürlich erst, nachdem du ausgeschlafen hast? Ich brenne vor Neugierde auf die Details!«

In Wirklichkeit interessierte es sie nicht die Bohne. Eine weitere Eroberung, die sich spätestens in einem Monat als ein absoluter Reinfall herausstellen würde. Doch sie ersparte es sich, ihre Freundin darauf hinzuweisen. Es hätte keinen Sinn gehabt. Sarah besaß ihren eigenen, unverbesserlichen Dickschädel, was Angel schmunzeln ließ. *Sie wird mich mit neunzig noch immer anrufen und von einem »wirklich ganz tollen Typen« erzählen. Aber ich verstehe, dass es ihr wichtig ist ...*

»Mist«, fluchte sie leise, als ein Teil der Soße auf die Arbeitsfläche spritzte. Anscheinend hatte sie die Lasche vom Deckel zu rasch abgezogen. »Verflucht!«, setzte sie nach.

»Ist alles okay?« Sarah wirkte verunsichert.

»Alles okay!«, versicherte Angel. »Habe gerade eine schöne Schweinerei mit Oreos Futterdose veranstaltet. Wollen wir das Gespräch nicht auf nachher verschieben? Ich bleibe heute eh den gesamten Tag zu Hause. Komm mich doch einfach etwas später besuchen, okay?« Mit einem Mal nervte sie alles. Dieses Gefühl überkam sie ganz plötzlich.

Sie legte auf. *Warum bin ich jetzt genervt?*, überlegte sie. Sicherlich waren daran nicht nur die Spritzer von der Katzenfuttersoße schuld, die auf der Arbeitsfläche verteilt das Licht der Morgensonne spiegelten.

Nein, da steckte mehr dahinter, und sie weigerte sich, es vor sich selbst zuzugeben. Unabhängig davon, für wie dämlich sie die Kerle von Sarah hielt, bewunderte sie ihre Freundin für das Interesse, das sie erwecken konnte. Absurderweise war auch Angel dauernd von Männern umgeben. Nur: über das berufliche Engagement gingen diese Bekanntschaften niemals hinaus.

Ihre letzte ernsthaftere Beziehung war schon Jahre her. Mal wieder war sie diejenige gewesen, die der Nähe zu einem anderen Menschen innerhalb kurzer Zeit überdrüssig geworden war und den Mann eiskalt abserviert hatte. *Vielleicht besteht mein Schicksal daraus, nur mit Oreo alt zu werden?*

»Na, mein kleiner Freund? Ich bin dir zu langsam, nicht wahr? Lass es dir schmecken!« Sie bückte sich, um den Fressnapf auf den Boden zu stellen, was der Kater mit einem freudigen Maunzen begrüßte.

Eigentlich wurmte es sie sehr, dass sich Scott seit dem Zwangsurlaub nicht bei ihr gemeldet hatte. *Okay, ich habe einen großen Fehler gemacht. Doch Fehler passieren nun mal. Aber ist das ein Grund gewesen, mich so zu meiden? Oder nicht beim verabredeten Konzert zu erscheinen?*

Die gestrige Bekanntschaft kam ihr in den Sinn. War es wirklich so blöd, die Gedanken an Scott zu unterdrücken und sich eine Romanze mit dem geheimnisvollen Dr. Latton vorzustellen? Denn genau dazu hatte sie plötzlich große Lust.

Angel fiel ein, dass sie eigentlich nicht sicher war, ob sie die Visitenkarte von Robert Latton tatsächlich eingesteckt hatte. *Wenn ich sie finde, werde ich den Mann anrufen! Wenn nicht, dann soll es so sein! Das klingt wie früher, als ich noch ein kleines Mädchen war ... Sie musste schmunzeln.*

War es in ihrem Alter sinnvoll, auf dieser Grundlage Entscheidungen zu treffen? Ob sie die Visitenkarte fand oder nicht? Vermutlich nicht. Aber es war zu befreiend, sich in Schicksalsfragen einfach einer höheren Gewalt hinzugeben.

Neugierig verließ sie die Küche auf der Suche nach ihrer Handtasche. Es stellte sich als nicht sonderlich schwierig heraus, darin das schlichte Papier zu finden. Darauf konnte sie die Adresse der Praxis, Lattons Namen samt Titel in dunkelgrünen Buchstaben erkennen, die sich vom Hintergrund der braun-beigen Farbkomposition abhoben. »Prof. Dr. Robert Latton, Praxis für Tiefenpsychologie und Kognitive Therapie, Drake Avenue 169, New Rochelle.«

»Oreo, ist grün nicht die Farbe der Hoffnung?«, fragte sie nachdenklich.

Der Kater schien währenddessen den furchtbaren Irrtum erkannt zu haben. Sein Frauchen hatte ihm keinesfalls seine Lieblingsdose aufgemacht! Zum Zeichen des Protests bediente er sich nur sehr minimalistisch am Futter und lief ihr jetzt in der Hoffnung auf etwas Besseres maunzend hinterher. Die Farbe war dem Kater unter diesen Umständen ziemlich egal.

»Nein, Oreo, du verwöhntes Tier! Du kriegst nichts anderes!«, quittierte Angel das Mauzen mit einem Lachen und beschloss, den Professor doch noch ein wenig zappeln zu lassen. Die Visitenkarte befestigte sie mithilfe eines Magneten am Kühlschrank, damit sie der Kater nicht irgendwo verbummeln konnte. *Ein kleiner Flirt wird mich bestimmt auf andere Gedanken bringen.*

Was Angel nämlich noch weniger als den Ärger über Scotts fehlendes Interesse zugeben wollte, war die Tatsache, dass ihr die Arbeit schmerzlich fehlte. Die Decke fiel ihr bereits auf den Kopf. Gereizt schaltete sie den Anrufbeantworter ein, dessen Aufgabe es künftig sein würde, die unwichtigen Anrufe der Teamkollegen abzuwimmeln. Bis Scott wieder Kontakt zu ihr suchte, brauchte sie dringend Abstand.

Sollen sie alle glauben, dass ich so beschäftig bin, dass ich nicht mal die Zeit habe, an sie zu denken! Angel begab sich ins Badezimmer, um den Tag endlich gebührend zu beginnen.

Kapitel 8

**Dienstag, 17.06.2014, Corbett Lane,
nördlich von New York City**

Adam sah sie kommen.

Geschlossen, wie eine Teufelsarmee, flößten sie den anderen Angst ein. Seine eigene große Furcht ließ sich der kleine Junge nicht anmerken. Egal, wie schlimm es wieder werden würde.

Obwohl sie Masken trugen, wusste er sehr genau, wer sich eigentlich dahinter verbarg. Er kannte alle seine Peiniger. Und er ahnte ebenfalls, was ihn erwartete.

Besonders das eine Augenpaar war ihm nur zu gut vertraut. In ihren Augen sah er sich selbst. Darum war seine Enttäuschung so unendlich groß, dass sie ihn an diese Sekte geopfert hatte. Doch diesmal würde er fliehen ...

Aus dem furchtbaren Albtraum aufgewacht, zitterte Adam am ganzen Körper. *Ich bin in Sicherheit*, stotterte er mehrmals laut hintereinander, um sich selbst zu beruhigen. *Es war nur ein Nachtmahr.*

Er wusste, dass sein Erscheinen in diesem Haus nicht gestattet war. Es war nicht sein Haus. Seine Aufgabe war es, sich irgendwo wie eine Ratte zu verstecken. So zu tun, als wäre er tot. Nicht existent. Begraben samt seiner Erinnerungen. Stattdessen schlich er darin herum.

Aus Angst, entdeckt zu werden, benutzte er wie immer die Taschenlampe, die er im Schirmständer unweit der Eingangstür deponiert hatte. Auf einem seiner nächtlichen Ausflüge hatte er sie im alten Herrenhaus gefunden. Nun war sie sein Eigentum.

Die meiste Zeit seiner Existenz über fühlte sich Adam sehr einsam. Es fing an, als man die anderen, die Netten, gnadenlos aus seinem Leben gelöscht hatte. Dabei war niemand schlimmer als diejenige, in deren Augen er sich damals so oft spiegelte. Seine Mutter. Sie war die Einzige, die nie eine Maske trug ...

Dass dieser kleine siebenjährige Dreikäsehoch überhaupt überleben konnte, verdankte er dem freundlichen Professor. Der Gute erbarmte sich seiner und versteckte ihn eine sehr lange Zeit, sodass ihn keiner finden konnte Es blieb ihr gemeinsames Geheimnis. Doch Adam hatte in seinen jungen Jahren genug von der Welt gesehen, um zu wissen, dass auch Lattons Tage gezählt waren. Zumindest, solange der kleine Vagabund Kontakt mit ihm hatte.

Ausgesprochen viel Angst hatte der Junge davor, dass jemand von den Maskenmenschen von Adams Existenz erfuhr. Wenn sie von ihm Kenntnis bekamen, würden sie ihn mit allen Mitteln suchen. Besonders der 'freundliche' Pfarrer der Dorfgemeinde ...

Er beschloss, sich so lange vor der Menschheit zu verstecken, bis er sich ihnen, nur mit einer Taschenlampe bewaffnet, endlich stellen konnte. Bis dahin verharrte er im Niemandsland zwischen dem alten, zeitweise leeren Herrenhaus und den schützenden Ufern des Hudson River.

Für ihn war es durchaus fair, von der Wärme der vier Wände und den Almosen, die er gelegentlich im Kühlschrank oder auf dem Speicher des Angstheilers fand, zu profitieren. Schließlich hatte Adam nicht darum gebettelt, ein Teil dieser Welt zu werden, in der solche Nichtsnutze wie er der Gesellschaft lästig waren.

Einem Siebenjährigen bot niemand eine sinnvolle Beschäftigung an, um sein täglich Brot zu verdienen. Zumindest nicht, ohne dass jemand früher oder später die Polizei verständigte. Dann war es nur noch eine Frage der Zeit, dass man seine Existenz auslöschte. Oder dass ihn die Maskenmenschen fanden. Wer für sein Verschwinden verantwortlich sein würde, war letztendlich egal. *Nein, das darf ich nicht zulassen!*

So beschwerlich war es gar nicht, sich vor der Welt zu verstecken. Wenn die Nacht hereinbrach, kroch er aus seinem Schlupfloch, nachdem er sich versichert hatte, dass der Hauseigentümer abwesend war. Zum Glück nahm der Angstheiler es nicht so genau mit dem zwischendurch fehlenden Inhalt des Kühlschrankes und sorgte dafür, dass Adam immer etwas Nahrhaftes darin vorfand.

Auch einige Kleidungsstücke des Hausherren waren durchaus zu gebrauchen und boten Wärme an kalten Herbst- und Wintertagen, aufgekrempelt oder umgeschlagen. Aus Dankbarkeit für diese Unterstützung interessierte sich der kleine Bengel nicht die Bohne, wofür sein ahnungsloser Wohltäter einen bunkerartigen Schutzraum hinter der Bücherwand in einem der Zimmer benötigte. Es war Adam schlicht und ergreifend egal.

»Hilfe! Bitte! Lassen Sie mich nicht sterben! Sie bekommen viel Geld dafür!«, hörte der Vagabundenjunge jemanden ganz leise im Inneren des Hauses rufen. Er erschauderte.

Hatte er sich das eingebildet oder rief dort tatsächlich irgendjemand um Hilfe?

»Bitte ... « Die Stimme brach schluchzend zusammen. »Bitte ... Ich habe Familie ... Kinder ... Ich will nicht sterben! Ich heiße Timotheus Miller. Ich bin reich.«

Nein. Es war echt! Das bedeutete, dass der Angstheiler bald erscheinen würde. Er musste schleunigst aus dem alten Herrenhaus verschwinden.

Kapitel 9

Mittwoch, 18.06.2014

Auf der schneeweißen Wand des Schlafzimmers tanzten bereits die ersten Sonnenstrahlen, als Angel ihre Augen aufschlug. Vorsichtig wanderte ihr Blick zum Wecker, damit ihr an den Füßen zusammengerollter Kater nicht aufwachte. Ein weiterer zielloser Tag begann.

Sieben Uhr, stellte sie resigniert fest. *Was haben wir heute? Mittwoch, oder?*

Mittlerweile zog sich die Zeit für sie zu einem zähflüssigen Brei, in dem sie langsam zu ersticken drohte. Seit drei Tagen empfing sie nicht mal mehr menschlichen Besuch. *Was hat es noch für einen Sinn, sich aus dem Bett zu quälen?*

Im Moment schien sie sich in einem Schwebezustand zu befinden, aus dem der einzige Ausweg ihre täglichen Laufrunden und die gelegentlichen Telefonate mit ihren nervigen Eltern oder der verknallten Sarah waren. Das deckte im Augenblick auch ihren gesamten Bedarf an zwischenmenschlicher Interaktion. Am liebsten hätte sie sogar auf diese albernen Eltern-Kind-Gespräche verzichtet, bei denen sie zu versichern versuchte, dass alles in bester Ordnung sei. So fühlte es sich aber keinesfalls an.

Selbst wenn sie die Nummer ihrer Dienststelle sah, ließ sie mittlerweile ausnahmslos den Anrufbeantworter rangehen. Sie war es leid, nach Ausreden zu suchen, warum sie sich 'wunderbar' fühlen sollte. Die Wahrheit sah nämlich komplett anders aus. Sie vermisste ihren Job mit jedem Tag mehr. Sie brauchte einen geregelten Alltag.

Bin ich eigentlich froh darüber, dass Sarah eine Ablenkung in ihrem Milo gefunden hat? Einerseits schon. So musste sie sich nur gelegentlich anhören, wie toll der Filialleiter doch sei, ohne sich für kurze Zeit Gedanken zum eigenen Wohlergehen zu machen. Andererseits zeigte es ihr sehr schmerzlich, wie einsam sie im Grunde wirklich war.

Als wollte sie vor ihrem derzeitigen Leben davonlaufen, stand Angel energisch vom Bett auf und weckte damit den Kater. Oreo war in Sekundenschnelle auf den Pfoten, bereit, eine morgendliche Mahlzeit zu erbetteln.

Das Tier anlächelnd, ihren einzigen Lebensinhalt zurzeit, änderte sie den beabsichtigten Kurs vom Badezimmer direkt in die Küche, um ihren Kater wie gewohnt zu versorgen. Im gleichen Moment, als ihr Blick auf die Spüle fiel, wich der zufriedene Ausdruck einem weitaus mürrischeren.

Dreckige Gläser waren turmartig auf Tellern gestapelt, die sie in den letzten drei Tagen aus Faulheit nicht rechtzeitig in die Spülmaschine geräumt hatte. Alles eingetrocknet. Die Erinnerung daran, dass in gleicher Weise Dutzende von DVDs den Wohnzimmerteppich bedeckten und dass der Mülleimer bereits überquoll, verursachte einen weiteren Anfall von Kraftlosigkeit. Als wollte das Tier sein Frauchen zum Handeln bewegen, schlängelte es sich bettelnd um ihre Beine.

»Ja, Oreo, ich weiß. Du hast Hunger. Dein Futter kommt gleich!«, sagte sie genervt über sich selbst. *Was ist mit mir los? Noch vor einer Woche war diese Wohnung ordentlich und sauber, und heute? Wo ist bloß meine gesamte Energie hin?*

Angel stellte den gefüllten Fressnapf auf dem Boden ab und entschloss sich, ihre heutige Joggingrunde vor dem Frühstück zu absolvieren. In luftiger Kleidung verließ sie das Haus und richtete ihre Laufschritte zum nahe gelegenen Park. Die Spuren der vergangenen Tage würde sie beseitigen, beschloss sie, wenn sie ihren Elan durch diese sportliche Betätigung wiedererlangt hatte.

Einatmen, ausatmen, einatmen ... Eins, zwei, eins, zwei ...

Der Körper fügte sich langsam dem gewohnten Laufrhythmus. *Eins, zwei, eins, zwei ...* Angel zählte im Kopf mit, um ihren Anfangspuls möglichst schnell zu senken. Noch vor drei Wochen wären ihre Gedanken automatisch zu den aktuell zu bearbeitenden

Fällen gewandert, wenn sie sich in ihrer Komfortzone von etwa 120 Herzschlägen in der Minute befand. Doch heute gab es für Angel keine dringenden Fälle, daher versuchte sie lediglich, einen freien Kopf zu bekommen, und genoss die Strahlen der Morgensonne auf ihrem Rücken.

Eins, zwei, eins, zwei, eins …

Bereits jetzt versprach der Tag warm zu werden, weshalb sie sehr mit der Entscheidung zufrieden war, auf ihre Laufjacke verzichtet zu haben. Sie nahm sich diesmal ebenfalls vor, sich ganz bewusst auf die Umgebung zu konzentrieren, um sich von den lästigen Gedanken an die Arbeit abzulenken.

Waren früher auch schon so viele Knirpse um diese Uhrzeit auf den Wegen gewesen? Oder Mütter mit Kinderwagen und nebenher laufenden Sprösslingen unterschiedlichen Alters?

Vermutlich handelte es sich um Frauen mit schulpflichtigen Kindern, die Angel sonst nie sah, wenn sie nach Feierabend ihre Runden machte. Plötzlich erinnerte sie sich an die äußerst seltenen Augenblicke, in denen sie von ihrer Mutter zur Primary School begleitet worden war. Im Normalfall war das die Aufgabe ihrer Nanny gewesen.

Auch wenn es seit dem Arbeitseintritt ihrer Mutter wahnsinnig hektisch geworden war und sie als kleines Kind ständig angehalten wurde, sich zu beeilen, so genoss sie es im Nachhinein von Herzen. Es waren die wenigen Momente, in denen sie Aufmerksamkeit von ihren überaus ambitionierten Eltern bekommen hatte.

Bin ich wirklich so unglücklich? Habe ich dazu einen Grund? Oder muss ich mich nur mal wieder kräftig in den Hintern treten?, überlegte sie, während die frische, sommerliche Luft ihre Lungen mit neuer Kraft füllte. Im vom pulsierenden Leben umgebenen Central Park fiel es Angel zunehmend schwer, die negative Sicht auf ihre derzeitige Situation aufrechtzuerhalten. Auch das Gefühl der Einsamkeit, das sie noch vor kurzem zu Hause überwältigt hatte, verlor seine Wirkung. Hier fühlte sie sich untrennbar mit der Natur verbunden.

Voller Tatendrang hielt sie an einer freien Parkbank an, um ein paar Dehnübungen zu machen, bevor sie wieder ihre Wohnung ansteuerte.

*****

Oreo teilte den Enthusiasmus seines soeben eingetroffenen Frauchens nicht. Er registrierte zwar mit einem offenen Prüfauge, dass er nicht mehr allein war. Diese Tatsache war für ihn jedoch kein Grund, seine Vormittagsruhe auf einem bequemen Ledersitz im Wohnzimmer zu unterbrechen.

Angel war vom Eifer gepackt. Nach einer ausgiebigen Dusche, der ein schnelles Frühstücksmüsli folgte, nahm sie sich der Wiederherstellung der gewohnten Ordnung an. Eine mühsame Tätigkeit, die ihr den ganzen Vormittag raubte. Den Wäschekorb überlegte sie, am Nachmittag zu sortieren. Dieser neue Wind in ihrem Leben fühlte sich trotz der Anstrengung gut an.

Nach einem kurzen Einkauf im nahe gelegenen Market beschloss sie, das gesamte Gemüse zu einem nahrhaften und gesunden Eintopf zu verarbeiten. Pfeifend näherte sie sich dem Kühlschrank, um die Zwiebeln auf ihre Tauglichkeit zu prüfen, als ihr plötzlich die Visitenkarte ins Auge fiel, die an der Kühlschranktür hing.

Das ist doch kein Zufall, dass ich einen Mann im Jazzclub kennengelernt habe. Robert Lattons niedliche Grübchen entfalteten immer noch einen Zauber in ihr. In der Erinnerung erschienen sie sogar neckischer. *Vielleicht ist er die Chance, eines Tages mit einem Kind im Park spazieren zu gehen?* Es war nicht das erste Mal, dass sie ihre biologische Uhr ticken hörte. Die Vorstellung, einen Kinderwagen vor sich herzuschieben, war für sie zwar etwas befremdlich, doch nicht unbedingt ablehnungswürdig.

Soll ich ihn anrufen? Was ist, wenn er ein Idiot ist? Immerhin wäre es nicht das erste Mal, dass sie sich einen Idioten anlachte. *Und was ist, falls er mein Typ ist?* Genau diese Frage bereitete ihr die größte Sorge.

Angel drehte die Karte um. Auf der Rückseite standen die Sprechzeiten der Praxis.

**»Montag bis Freitag von 8:00 - 13:00
Mittwochs zusätzlich von 14 bis 18h
Sonst nach Vereinbarung«**, las sie.

Wenn das kein Zufall ist, dass wir heute Mittwoch haben?, dachte sie aufgeregt und beschloss, Robert Latton gleich nach dem Essen anzurufen. Ein leerer Magen war wahrlich kein guter Anfang für ein gelungenes Gespräch.

*****

»Die Praxis für Tiefenpsychologie und Kognitive Therapie von Professor Doktor Latton, Stan Peacock am Apparat, wie kann ich Ihnen behilflich sein?« Eine männliche Stimme auf der anderen Seite. Angel war überrascht, nicht Robert direkt am Hörer zu haben.

Natürlich hat dieser Mann eine Hilfe im Büro. Logisch. Doch in männlicher Form? Das war eher unüblich. Vielleicht war es ein Fehler, anzurufen? Es gäbe die Alternative, aufzulegen, überlegte sie mit aufsteigender Panik. In ihrer Verwirrung versuchte sie, einen sinnvollen Satz zu formulieren, während der vermutliche Sekretär geduldig wartete. »Mein Name ist Angel Davis. Ich möchte gern mit Professor Latton sprechen«, antwortete sie mechanisch.

»Wenn Sie sich ein wenig gedulden würden? Professor Latton befindet sich gerade in einer Behandlung. Ich melde mich sofort. Bitte bleiben Sie dran.« Widerspruch erschien zwecklos. Ehe sie den Mund aufmachen konnte, ertönte die berühmte 'please-hold-the-line'-Melodie. Doch es dauerte nicht so lange, wie sie dachte. Der Sekretär meldete sich erneut.

»Mrs. Davis? Hören Sie? Ich verbinde mit Professor Latton.« Ihr Herz begann zu pochen.

»Hallo, Angel. Wie geht es dir?« Der warme Bariton verriet sofort, dass der Sprecher sein Gegenüber einwandfrei zuordnen konnte.

Richtig, wir haben uns bereits geduzt, dachte sie. »Vielen Dank, Robert. Ich überlegte gerade, ob ich mich von einem 'selbstdarstellerischen, unmöglichen Psychologen' zum Essen ausführen lassen würde ... «, sagte sie keck, in der Hoffnung, dass das Zitat vom Jazzabend angemessen ankam. Er sollte ruhig wissen, dass sie sich an den genauen Wortlaut seiner nicht besonders ruhmreichen Vorstellung erinnerte.

Latton lachte. »Offensichtlich ist die Entscheidung für mich positiv ausgefallen? Es würde mir ein Vergnügen sein, mit einer so reizenden Frau auszugehen. Hättest du eine Idee, wann?«

Darüber habe ich gar nicht nachgedacht, ich Trottel!, dachte Angel. »Wäre dir der kommende Freitag recht?«, schoss es spontan aus ihr heraus, und sie erinnerte sich leider zu spät daran, dass es ihr Schwimmtermin war. *Na egal! Dann diesmal eben nicht!*

»Der Freitag würde mir ausgezeichnet passen.« Lattons Stimme verriet Freude. »Wie wäre es im 'Sette Mezzo' in Manhattan? So gegen 18 Uhr? Die machen köstliche Pappardelle mit Auberginen und frischer Ricotta. Aber auch die Fischgerichte sind nicht zu verachten, falls du Fisch bevorzugst. Du wirst es lieben! Davon bin ich überzeugt.«

Oh, der Mann ergreift die Initiative. Ein Old-School-Gentleman. Nicht schlecht. »Das klingt fantastisch. Ich freue mich sehr«, hörte Angel sich sagen.

»Soll ich dich abholen?« Es klang verführerisch. Doch so einfach ließ sie sich nicht ködern.

»Vielen Dank für das Angebot. Das ist nicht nötig. Ich werde um 18 Uhr da sein. 'Sette Mezzo', hast du gesagt?« Sie notierte schnell die Adresse.

Voller Aufregung legte sie auf, ohne sich zu verabschieden. *Du bist so ein Trottel!*, ermahnte sie sich erneut, in der Hoffnung, dass Robert Latton es für geheimnisvoll und nicht unhöflich hielt. *Hat es meine nervige, impulsive Art gerade mal wieder vermasselt?* Das würde sie erst am Freitagabend erfahren. Um die Aufregung abzubauen, nahm Angel ein Glas Wasser und setzte sich vor den Fernseher.

Doch egal, wie sehr sie sich auch bemühte, den Geschehnissen auf der Mattscheibe zu folgen, ihre Gedanken wanderten immer wieder zu dem unbekannten 'Sette Mezzo' und einem aufregenden Date.

Kapitel 10

Ein Klingeln an der unteren Eingangstür des Hauses brachte Angel augenblicklich in eine aufrechte Position.

Von einem kleinen Nickerchen benebelt, versuchte sie, mental im Hier und Jetzt anzukommen. Der Fernseher lief. Die Sonne nahm aber bereits einen goldorangefarbenen Ton an, der sich an die Wände des Wohnzimmers spiegelte. Der Kater lag trotz ihrer abrupten Bewegung immer noch angekuschelt da. Nur das offene Auge zeugte davon, dass er den Eindringling längst registriert hatte. *Ich muss beim Streicheln eingenickt sein. Kein Wunder! Am heutigen Vormittag ist deutlich mehr geschehen als an den vergangenen Tagen zusammen.*

Ruckartig wischte sie sich mit dem Handrücken den imaginären Schlaf aus den Augen. Dann streichelte sie zur Beruhigung den bereits aufmerksam aufgerichteten Kater, als ein weiteres Klingeln folgte.

Da will mich aber jemand dringend sprechen!, stellte sie fest. Unerwartete Besuche empfing sie nie.

»Ich komme ja schon. Ich komme ... «, rief sie mehr zu sich selbst, denn ihre Stimme kam ganz sicher nicht zwei Stockwerke tiefer an.

»Ja, bitte?«, sprach Angel in den Hörer der Sprechanlage. *Wer kann das sein? Für Zeitungen oder Einwurfsendungen ist es deutlich zu spät.*

Von unten ließ sich eine vertraute Stimme vernehmen. »Ich bin es, Scott. Darf ich kurz hereinkommen?«

Statt zu antworten, drückte Angel den Türöffner. Vom unteren Eingang her hörte sie ihn hereinkommen.

Ein schneller Blick in den Spiegel. Ein weiterer in den Wohnraum hinein. Ein Griff in die Haare. Noch ein Blick in den Spiegel. Sie wurde hektisch.

Alles fein.

Ihr Herz pochte wie wild. *Ein Glück, dass ich genau heute die Wohnung aufgeräumt habe,* dachte sie mit Erleichterung. *Hätte Scott den vorherigen Zustand gesehen, würde er mich sofort in eine Psychiatrie einweisen lassen. Wegen posttraumatischen Traumas oder so ähnlich.*

Angel öffnete, noch ehe er an die Tür klopfte.

»Komm rein«, forderte sie ihn auf.

Ihr sonst so beherrschter Chef sah heute wahrlich nicht gut aus. Dunkle Augenringe zeugten von fehlendem Schlaf. Die Arbeitskrawatte fehlte. *Selbst sein makelloses Kinn könnte langsam eine Rasur vertragen,* fand Angel.

»Gut siehst du aus, so erholt. Und die neue Frisur steht dir ausgezeichnet. Ich muss mich zwar erst noch daran gewöhnen, aber es sieht unheimlich gut aus.« Scott taxierte sie aufmerksam. Wer diesen Menschen gut kannte, wusste, dass dieses Interesse vorwiegend der Einschätzung ihrer persönlichen Verfassung diente. Und offensichtlich fiel sein Urteil gut aus. Er lächelte verstohlen.

»Danke, Scott. Sehr schmeichelhaft. Doch deshalb bist du nicht hier, oder? Was ist los?«

Diese Art von Nähe zwischen ihnen galt nur, wenn sie sich privat unterhielten. Beruflich waren die Rollen starr verteilt. Er war der Chef. Sie war ihm untergeordnet. Ende. Kein Geschlecht, kein Aussehen. So war es innerhalb der Einheit besser. Niemand vom Team wurde bevorzugt. Niemand benachteiligt. Alle auf gleicher Augenhöhe, wie sich das gehörte.

Angel bat ihn mit einer Geste, im Wohnzimmer Platz zu nehmen und stellte blitzschnell fest, dass Oreo auf seinen Anteil an der Couch unaufgefordert verzichtet hatte. Ganz offensichtlich bereitete ihm der starke Männerduft ein gewisses Unbehagen, weshalb er sich ins Schlafzimmer verzogen hatte. Zugegeben - dieser Besucher war ein wirklich äußerst seltener.

19:30 las Angel mit einem flüchtigen Blick von der Küchenuhr ab.

»Was möchtest du trinken?« Scott sollte die Gelegenheit bekommen, sich im Wohnzimmer zu akklimatisieren, bevor das eigentliche Gespräch begann. *Es muss etwas Wichtiges sein, das ihn vorzeitig aus dem Büro direkt zu mir nach Hause bringt.* Sonst war er nie vor acht in seinem Luxusappartement anzutreffen.

»Ich hätte zur Auswahl: Wasser, Tee, Kaffee, einen guten Weißwein oder einen Mojito. Den letzteren würde ich sogar mittrinken ... «

»Okay, dann einen Mojito, bitte. Warum kann man dich nicht erreichen?«

Alkoholisch also? In diesem Fall wird es offenbar kein besonders angenehmes Gespräch werden. Angel wurde flau im Magen. Eilig mixte sie die Getränke und setzte sich im Wohnzimmer Scott gegenüber.

»Du wolltest doch ursprünglich wissen, was los ist?« Ihr Chef griff ihre Frage auf. »Sag du es mir! Seit Tagen versucht dich Josh, telefonisch zu erreichen. Du gehst nicht ran! Ich habe es heute ebenfalls mehrere Male bei dir angerufen. Doch selbst dein Anrufbeantworter ist ausgeschaltet. Nun will ich von dir erst einmal wissen, was mit dir los ist?«

Mist, verdammter! Angel fiel ein, dass sie seit ein paar Tagen das Telefon stumm geschaltet hatte. Und offenbar hatte sie vergessen, das Gerät wieder einzuschalten. Dass das besorgniserregend erscheinen musste, war irgendwie nachvollziehbar. Dass Scott sie deshalb besuchen würde, eher weniger ...

»Es tut mir leid. Ich war viel unterwegs ... « Die Lüge ließ sich leichter auszusprechen, als sie gedacht hätte. »Es ist aber ... alles in bester Ordnung. Ich habe sogar so etwas wie ein Date.«

Scott nahm einen Schluck aus seinem Mojito-Glas, dann räusperte er sich kurz. Es schien so, als überlege er für einen Augenblick, wie er möglichst emotionslos ausdrücken konnte, dass ihm die Idee mit einem Date sehr missfiel. »Wie dem auch sei. Ich wollte dir deine Marke und Dienstwaffe vorbeibringen«, sagte er resigniert.

Ungelenk legte er beides auf den gläsernen Fernsehtisch. »Gestern wurde die interne Untersuchung endgültig abgeschlossen. Ich weiß nicht, was die Jungs vom S.W.A.T. darüber erzählt haben, doch wir sind mit einem winzig blauen Auge davongekommen. Und das FBI hat schon Hinweise über den neuen Aufenthaltsort von Dean Connor bekommen. Er versteckt sich jetzt in Kalifornien. Dafür wurde bereits vor Ort ein Team zusammengestellt.« Scott schwieg kurz. »Anders ausgedrückt, sind wir aus der Sache raus.«

»Oh, tut mir leid, dass es nicht mehr in unsere Zuständigkeit fällt. Ich habe es vermasselt.« Angel fühlte sich mies. Von nun an lag alles in den Händen einer anderen Einheit. Jahrelange Schwerstarbeit. *Und es ist meine Schuld!*

Scott zuckte mit den Schultern. »Nicht der Rede wert. Sie werden ihn schon kriegen. Davon bin ich überzeugt. Wir hatten Pech. Und auf meinem Tisch stapeln sich bereits weitere Fälle, die wir bearbeiten müssen. Einer ist besonders interessant, doch dazu mehr am Montag.«

»Am Montag? Warum nicht morgen? Ich dachte, ich sei entlastet?«

»Angel, wir kennen uns so lange, daher will ich nicht als Vorgesetzter zu dir sprechen, sondern als Freund.« Scott nahm einen weiteren Schluck aus dem Mojito-Glas, bevor er fortfuhr: »Rein rechtlich kannst du natürlich morgen schon zum Dienst antreten. Doch ich weiß, wie du tickst! Du verlierst nie so die Kontrolle wie bei dem letzten Einsatz. Irgendetwas stimmt nicht, und ich habe Sorge, dass das wieder passiert. Nur dass wir beim nächsten Mal vielleicht nicht so viel Glück haben werden!« Scott holte kurz Luft für seine folgenden Worte. »Angel, bitte! Nutze die Zeit, dir professionelle Hilfe zu suchen. Wenn du willst, frage ich bei Raffaella Bertani im Privatinstitut für Angewandte Kriminologie nach. Sie wird sicherlich auch Termine für die eigenen Leute haben.«

Oh, Gott! Bloß nicht die hausinterne Therapie, dachte Angel mit aufsteigender Panik. *Ich habe überhaupt keine Lust auf das Wälzen von*

Problemen von links nach rechts und zurück. Moment mal ... Ist Robert nicht auch ein Psychologe? Würde es nicht einfacher sein, eine Bestätigung zu bekommen, ohne sich einer Behandlung zu unterziehen? Sicherlich stehen die Chancen bei ihm deutlich besser als bei Raffaella!

»Einverstanden«, antwortete Angel beschwichtigend, ehe Scott weitere Ideen zu diesem Thema äußern konnte. »Ich werde die Zeit nutzen, mir einen geeigneten Therapeuten zu suchen und komme erst am Montag zur Arbeit. Was sagst du dazu?«

Da ihr Vorgesetzter mit erheblich mehr Widerstand gerechnet hatte, war er überrascht. Als auch noch der erwartete 'Aber'-Nachsatz nicht folgte, entspannte er sich und trank seinen Mojito mit einem Schluck aus. Angel beobachtete ihn aufmerksam.

»Scott, wir haben gerade über mich gesprochen. Doch wenn ich dich so ansehe ... Was ist bei dir los?« Sie wagte sich auf ein minenreiches Terrain vor.

»Viel Arbeit.« Er erwog etwas. »Isabella wurde zum Ende des Jahres nach Boston versetzt. Sie möchte das alleinige Sorgerecht für William bekommen. Mit seinen vierzehn Jahren steckt der Junge aber noch voll in der Pubertät. Er will natürlich nicht von NYC und all seinen Freunden wegziehen. Am Freitag kam er daher wütend zu mir und blieb über das ganze Wochenende. Immerhin wäre er dann fast 200 Meilen Luftlinie weg. Wir brauchen uns gegenseitig, Angel.«

»Tut mir so leid. Kann Will nicht bei dir wohnen bleiben?« *Es ist höchst unwahrscheinlich, dass er unter diesen Umständen an ein verspätetes Geburtstagsgeschenk gedacht hat.*

»Als ob ich darüber nicht nachgedacht hätte!« Scott wandte seinen Blick zum Fenster, als könne er die Antwort in den Lichtern der gegenüberstehenden Häuser ablesen. »Isabella würde niemals zustimmen. Und Verständnis hätte ich zum Teil sogar. Angel, ich arbeite von morgens bis abends! Wie soll das gehen? Er ist in dem Alter, in dem die Kinder ein prüfendes Auge der Eltern strikt ablehnen und es doch mehr als je zuvor brauchen. Das kann ich ihm mit meinem derzeitigen Lebensstil nicht geben.«

Scotts Blick wirkte plötzlich so traurig, dass Angel froh war, als er zum Gehen aufstand. Sie war kurz davor, ihn in die Arme zu schließen. Auch er war sich offenbar der intimen Situation bewusst. Vielleicht hätte eine Umarmung die Schwelle zwischen Freundschaft und etwas deutlich Komplizierterem überbrückt? Ein Schritt, dessen Konsequenzen sie noch nicht bereit waren zu tragen.

»Ich werde dann mal gehen, okay? Wir sehen uns am Montag!«, stammelte Scott.

»Okay. Natürlich. Danke dir.« Auch Angel versuchte ihre Gedanken klar zu fassen. *Ich darf nicht mal daran denken. Wir arbeiten zusammen. Und überhaupt. Wie sollte das funktionieren? Was wird aus Robert? Scott hat eine Familie ...*

Während er die Eingangstür aufschloss, fiel ihr noch etwas ein. »Scott, eine kurze Frage! Was sagt dir der Club 'Blue Note'?« Gespannt beobachtete sie, welche Reaktion sie bei ihm damit auslöste.

Er wandte sich zögernd zu ihr um. »Ich war, glaube ich, schon mal drin. Vor Jahren ... Nettes Lokal, klasse Musik. Warum fragst du?«

Nur mit größter Mühe gelang es Angel, ihre Enttäuschung zu verbergen. »Ach, nichts! Vergangenen Samstag war ich dort mit Sarah zum Konzert. Ich musste an deine Vorliebe für Jazz denken. Dir hätte es garantiert gefallen. Sonst ist es nicht wichtig. Nun fahr vorsichtig! Wir sehen uns am Montag.«

*****

Scott ist also nicht derjenige, der mir diese Einladung zukommen ließ. Wer aber dann?

Unabhängig davon, wie intensiv Angel über diese Frage nachdachte, zu einem zufriedenstellenden Ergebnis kam sie nicht. Geistesabwesend flanierte sie vom Flur in die Küche, anschließend ins Wohnzimmer. Als wolle sie durch diese Bewegung einen entscheidenden Einfall erzwingen. Nichts half.

Beim Anblick ihrer Dienstmarke hatte sie plötzlich eine Idee. Sie wählte die Handynummer von Josh und wartete die Freizeichen ab.

»McMelma am ... « Im Hintergrund konnte man eine weibliche Stimme wahrnehmen.

»Hi, Josh, ich bin es, Angel. Emily ist heute bei dir, oder? Dann will ich auch nicht lange stören.« Sie wusste, wie selten die Augenblicke waren, in denen ihr Kollege Zeit für seine Freundin hatte. »Könntest du mir einen kleinen Gefallen tun? Eine Person für mich überprüfen?«

»Wo warst du die ganze ... «, fing Josh an.

Angel unterbrach ihn. »Ich werde es dir am Montag genauer erklären. Gerade war Scott bei mir. Es geht mir wirklich gut! Ich brauche bis Freitag aber ein paar Informationen über einen gewissen Professor Robert Latton, einen Psychologen. Kannst du mir helfen?«

»Wird gemacht!« Er legte abrupt auf, ohne sich zu verabschieden. Seine Schusseligkeit machte ihn unter den Kollegen sehr beliebt. Sobald es um die Arbeit ging, war Josh Feuer und Flamme und vergaß die Welt um sich herum.

Eine halbe Stunde später klingelte Angels Telefon.

»Erst bis Freitag ... «, begann sie, obwohl sie dennoch froh darüber war, dass er sie nicht so lange hatte warten lassen. Plötzlich brannte es ihr doch unter den Nägeln, zu wissen, wen sie treffen würde.

»Na, sag mal!«, unterbrach Josh ihren rügenden Tonfall. »Emily hätte nicht zugelassen, dir diese Informationen vorzuenthalten. Auch wenn ich bei solchen Aufträgen nie Fragen stelle, war ich diesmal doch recht gespannt. Und du weißt, ich habe zu Hause eine Informationshochburg inklusive eines Zugangs zu den wichtigsten Datenbanken. War also wirklich kein Ding!«

Mit einem gespielten Seufzer unterdrückte Angel einen weiteren Kommentar.

»Dein Professor ist soweit sauber. Allerdings scheint er sich gelegentlich in Sphären zu bewegen, die wir allerhöchstens aus der *New York Post* kennen. Diese Info hat Emily eingeholt, als sie seinen Namen gegoogelt hat. Er taucht dort mit reichen Leuten auf. Es sei denn natürlich, es gäbe noch einen anderen Professor Latton.«

»Hmm ... Das kann ich dir auch nicht sagen.« Angel klang nachdenklich. »Scott hat mich gebeten, mich an einen guten Therapeuten zu wenden, damit ich mit ihm über den letzten Einsatz spreche. Ich glaube, dieser Latton wird in Ordnung sein?«

Die Idee, Robert zu überprüfen, erschien ihr plötzlich so banal und verlogen.

Was ist bloß in dich gefahren? Du siehst schon überall Gespenster!, ermahnte sie sich.

Kapitel 11

Donnerstag, 19.06.2014, Corbett Lane, nördlich von New York City

»Bitte ... « Die Stimme von Timotheus Miller versagte zum wiederholten Male. »Bitte ... Ich habe Familie ... ein Kind ... einen Jungen, der seinen Vater braucht ... Ich will noch nicht sterben!«

»Dann ist heute Ihr Glückstag! Die Übergabe des Lösegeldes hat stattgefunden. Bedienen Sie sich doch endlich! Ich habe Ihnen das Trinkwasser gewechselt. Ihre Familie hat sicherlich auch schon zu Abend gegessen. Ich möchte Sie schließlich nicht in dehydriertem Zustand abliefern!« Die Geisel hörte die Stimme ihres Peinigers über Lautsprecher zum ersten Mal, seit er in diesem seltsamen Panikraum aufgewacht war.

Ich kenne die Stimme irgendwoher. Wie lange hat man mich hier behalten? Wie viel musste meine Familie für mich bezahlen?, dachte Timotheus fieberhaft. *Egal, ich werde frei sein. Ich werde Tony wiedersehen. Das ist die Hauptsache. Und sobald ich wieder zu Hause bin, werde ich Maddie in den Wind schießen und mit Grace die Eheberatung aufsuchen. Zum Teufel mit den Geheimnissen vor ihr! Was war ich bisher für ein mieses Schwein. Doch ab jetzt wird alles besser! Das verspreche ich dir, mein Schatz. Keine anderen Frauen mehr!* Timotheus glaubte zu wissen, warum er sich hier befand.

In euphorischer Stimmung setzte er zum Trinken des Wassers aus der vollen Plastikflasche an. Die 330 ml waren im Nu weg. Er verspürte zwar immer noch ein entsetzliches Durstgefühl, doch bald würde er es zu Hause stillen können. Die Anspannung der Tage in Gefangenschaft floss wie eine warme Dusche von ihm ab. Summend griff er sogar zu den salzigen Crackern, die neben der Wasserflasche lagen, weil sich mittlerweile auch das Hungergefühl wieder meldete.

*****

Na endlich! Braver Junge! Der Angstheiler verfolgte am Monitor mit Erleichterung das Geschehen. Sonst ließ er sich Zeit für sein

Vorhaben, doch im Fall von Timotheus Miller musste er es beschleunigen. Der Freitag nahte. Er würde seine schwimmende Freitagsnixe wiedersehen ... Und genau für seinen neuen, diesmal weiblichen Gast, sollte das 'Therapiezimmer' wieder frei sein.

Er zog sich einen Gummihandschuh über und zündete eine Zigarette an. Bis das im Wasser aufgelöste, hochkonzentrierte LSD endlich zu wirken begann, hatte er eine gute halbe Stunde. Ab dann fing die 'richtige' Arbeit an. Er würde seinen sechsten, nur wenig belastbaren Jünger auf den Weg zum Licht führen. Auf diesen Teil der Therapie freute er sich immer ganz besonders. Das war sogar besser als die Jagd selbst. Es machte ihn gottgleich.

Mit innerer Ruhe pustete er den Rauch kreisförmig in die Luft, während sein Patient zunehmend entspannter wirkte. *Heute sind wir früher dran als sonst, daher werden wir die bunte Zeit für dich etwas hinauszögern. Macht aber nichts! Das Maximum der Glückseligkeit - in drei Stunden - wirst du im Licht erleben! Fernab des menschlichen Elends!*

Während der Angstheiler sein Opfer beim Übergang in eine deutlich heiterere Gemütsverfassung beobachtete, verspürte er Hunger. Eilig drückte er die Zigarette am Rand des Aschenbechers aus, bis sie nicht mehr glühte. Im Aufstehen streifte er sich den Gummihandschuh ab und warf ihn in den bereits gut gefüllten Mülleimer.

Zu Hause durfte in seiner Kindheit keine Kippe zu riechen sein! Das eine Mal mit etwa sieben Jahren hatte ihm gereicht. Nachdem seine Alte ihn damit erwischt hatte, konnte er eine Woche nicht mehr zur Schule gehen. Und das im wahrsten Sinne des Wortes.

Die Lehrerin hätte es seiner Mutter aber nicht erneut abgenommen, dass der Junge ein weiteres Mal von der Treppe gefallen sei. Neben zahlreichen blauen Flecken, an die dieser sich bereits gewöhnt hatte, konnte man diesmal auch noch Brandflecken auf seiner Haut sehen. Mit einer kleinen Bescheinigung des 'befreundeten' Gemeindearztes durfte er sich anschließend für einen Monat vor dem Sportunterricht drücken. Die Narben verblassten irgendwann. Die Erfahrung, dass man sich beim Rauchen nicht erwischen lassen sollte, blieb jedoch für immer.

Eiligen Schrittes verließ der Angstheiler seinen Beobachtungsraum. Die Bücherwand der Bibliothek, hinter der er sein 'Therapiezimmer' vor neugierigen Augen verbergen konnte, öffnete und schloss sich durch den Knopfdruck eines seitlich angebrachten Schalters. Das war ein magisches Überbleibsel aus Kindheitstagen, das er sich erst nach dem Selbstmord seiner Mutter erfüllt hatte. Eines Tages wollte er geschützt von der Außenwelt leben. Warum sie überhaupt so viel Geld besaß, war ihm ein Rätsel. Anscheinend hatte man sie für ihre Dienste, was auch immer es war, großartig bezahlt.

Der Blick in den Kühlschrank verriet, dass demnächst ein umfangreicher Einkauf von Nöten wäre. Dabei hätte der Angstheiler schwören können, sich ausreichend für das Wochenende versorgt zu haben. Er nahm sich Zeit, Rührei mit einem Stückchen Brot vorzubereiten.

Während er etwas später über sein Essen gebeugt saß, überlegte er, wie glücklich er war, keine nervigen Menschen um sich zu wissen. Einsamkeit war eben sein bester Freund. Niemand würde das je wieder ändern!

Als er gesättigt seine Schritte erneut zur Bibliothek lenken wollte, fiel ihm eine Taschenlampe auf, die auf dem Boden des Flurs lag.

Seltsam! Ich hätte schwören können, sie schon lange nicht mehr benutzt zu haben. Und Unordnung gehörte nicht zu seinen Charakterzügen. Eher penible Ordnung, die ihm das Gefühl gab, alles unter Kontrolle zu behalten.

Der Angstheiler versicherte sich im Vorbeigehen, dass die Eingangstür und die Fenster des Hauses wirklich verschlossen waren.

Dann zuckte er die Schultern als Zeichen des Unverständnisses und bückte sich, um die Taschenlampe aufzuheben. *Am besten werde ich mir merken, wo sie ist, wenn ich sie an der Eingangstür hinlege. Falls der Strom ausfallen sollte ...*

Er legte sie auf der Anrichte ab und erinnerte sich an den mittlerweile sicher überglücklichen Timotheus Miller, der bereits auf seinen Heiler wartete. Er war so erregt, dass er nicht einmal bemerkte, wie die Taschenlampe durch zu viel Schwung beim Ablegen mit Gepolter direkt im Schirmständer landete. Seine Aufmerksamkeit widmete er jetzt etwas, das deutlich interessanter erschien.

*****

Endlich war es soweit!

Timotheus Miller saß glückselig in einem kleinen Boot und lachte ununterbrochen über jede Nichtigkeit. Eine warme Brise wehte um seine Ohren, doch es kümmerte ihn nicht. In diesem Zustand war er leichter als ein treuer Hund zu manipulieren. Und er glaubte dem Angstheiler jedes Wort, das er zu seinem Auserwählten sprach. Das hoch dosierte LSD entfaltete seine volle Wirkung.

»Die Wolken wandern um dich herum. Du fühlst dich wohl«, bekräftigte der Angstheiler seinen euphorischen Zustand. Es hatte ihn so einige Mühe gekostet, dass die zunächst panische Angst schließlich in eine freudige Gemütsstimmung umschlug. Jetzt musste er lediglich rudern und warten. Bis die wahre Therapie begann, würde er sein Opfer zu einer neu ausgesuchten, ruhigen Stelle auf dem Hudson River bringen. Das ging aber nur dann, wenn sie sich unauffällig genug benahmen.

»Ich bin die Welt. Ich bin das Wasser. Wer bin ich? Bin ich - ich? Oder bin ich die anderen? Bin ich Gott? Oder ist Gott ich?«, brabbelte Timotheus Miller, während bunte Bilder vor seinem inneren Auge hin- und herwechselten. Wie in einem Kaleidoskop erzeugte sein Gehirn wechselnde, symmetrisch-farbige Muster und reicherte das Ganze mit Glückshormonen an.

Noch nie hatte sich Timotheus Miller, der CEO eines Konzerns, das nur mit Zahlen in mindestens siebenstelligen Bereichen operierte, so glücklich gefühlt wie in diesem Augenblick.

Das Boot erreichte langsam die gewählte Stelle. Im Licht des Mondes und nur vom leisen Plätschern begleitet, war die Atmosphäre beinahe romantisch. Für den Angstheiler zum Heilungszweck vollständig geeignet.

Sie waren angekommen.

»Tim, hörst du mich? Ich bin dein Gott. Ich werde dich ins Licht führen. Möchtest du mir folgen, mein Sohn?«, begann er seine sechste Sitzung.

»Ja, ich folge dir«, antwortete der Manager glückselig.

»Dann werde ich dir die Erleuchtung bringen. Egal, was du zu sehen bekommst, jeder tiefe Atem wird dir mehr Erlösung schenken. Atme kräftig und tief, und ich führe dich von deiner Angst fort! Vertraue mir, mein Sohn. Ich bin bei dir. Weißt du, was du tun sollst?«

»Ich soll tief atmen und dir vertrauen«, wiederholte Timotheus wie in Trance.

»Du bist soweit, mein Sohn. Empfange das Licht der Erlösung und fürchte dich nicht!« Mit diesen Worten half der Angstheiler seinem Opfer, sich aufzurichten. »Die Wolken verdunkeln sich über dir. Du fühlst die ungebremste Angst aufsteigen. Sie wird schlimmer und schlimmer … «

Trotz der sonst so sanft wirkenden, erweiterten Pupillen sah das Gesicht von Timotheus Miller plötzlich entsetzt aus. Sein Gehirn begann ihm etwas vorzugaukeln, was all die Jahre tief darin verankert gewesen war. Der Angstheiler nutzte diese schrecklichen Assoziationen sofort aus.

»Millionen von Spinnen krabbeln auf deinem Körper. Sie beißen dich, und das tut dir entsetzlich weh!« Der im normalen Leben so abgehärtete Manager begann, wie ein kleines Kind zu wimmern. »Wenn du deinen Mund öffnest, kriechen sie hinein, sowie in sämtlichen Poren deines Körpers. Du kannst ihnen nicht entkommen … « Die Furcht im Gesicht wich blanker Todesangst.

»Jetzt atme kräftig ein. Ich tauche dich in ein Meer der Befreiung. Mit jedem tiefen Atemzug verlierst du deine Angst! Die Spinnen verschwinden mit jedem Atem für immer. Vertraue mir und sauge die erlösende Flüssigkeit in dich hinein.«

Mit diesen Worten übergab der Angstheiler seinen Auserwählten, Timotheus Miller, den weiten Tiefen des kühlen Hudson River.

Entspannt sah der selbst ernannte Gott zu, wie sein 'Patient' in vollen Zügen das Wasser einatmete, ohne dass der Körper dem natürlichen Instinkt des Todeskampfes folgen konnte. Sogar die sonst so übliche seitliche Ausrichtung der Arme, wie sie bei Ertrinkenden normal war, fehlte völlig.

Der Kopf des Managers sah gen Himmel, als würde ihn dort jemand erwarten. Er lächelte beinahe schüchtern, bevor er endgültig im Dunkel des Flusses verschwand.

Einen »Patienten« mit einer so herrlich ausgeprägten Arachnophobie werde ich wahrscheinlich nie wieder bekommen, stellte der Angstheiler mit einer seltsamen Sentimentalität fest.

Kapitel 12

Freitag, 20.06.2014

Laut quietschend hielt die U-Bahn an der 68. Straße mit dem vielversprechenden Namen 'Hunter College' an. Für einen kurzen Augenblick überlegte Angel, die Bahnsteigseite zu wechseln und zurück nach Hause zu fahren. Einige New Yorker kehrten ebenfalls in den wohlverdienten Feierabend heim. Sie fiele in der Menge nicht einmal auf.

Was tue ich hier? Die Karten standen nicht besonders gut, dass sie ausgerechnet bei einem Jazz-Konzert den perfekten Mann kennengelernt hatte, der sie aus ihrer Einsamkeit befreien würde. Die Chancen waren eher gering. *Oder gar nicht vorhanden, wenn ich es nicht ausprobiere! Im Endeffekt geht es nur um ein verabredetes Essen in der Öffentlichkeit. Möglicherweise sogar ein fast geschäftliches Treffen mit dem künftigen Aussteller meiner Arbeitsgenehmigung, mehr nicht!,* versuchte Angel ihre aufsteigende Angst zu bagatellisieren.

Schweigend folgte sie der anonymen Menschenmasse, die den Ausgang zur Lexington Avenue passierte. Sie wollte die Laufzeit dazu nutzen, ihre Emotionen unter Kontrolle zu bringen. Egal, wie harmlos sie sich das Treffen zu ihrer eigenen Beruhigung einredete, Fakt blieb, dass es ein ganz gewöhnliches Date sein würde. Und mit Abstand ihr Erstes seit Jahren! Die immer deutlicher werdende Bauchstimme trug nicht unbedingt zu ihrer Erleichterung bei.

Noch bevor Angel das 'Sette Mezzo' betrat, überlegte sie, ob ihr Outfit für den Anlass nicht zu überzogen war. Um den Professor zu beeindrucken, hatte sie sich heute für ein halblanges Kreppkleid mit Wasserfallausschnitt entschieden, das zusammen mit ihren schwarzen Haaren eine äußerst elegante Einheit bildete. *Was der Psychologe wohl in meine Garderobe hineininterpretieren wird?,* grinste sie.

Von außen vermittelte die schlichte Lokalität in der Lexington Avenue einen beinahe gemütlichen Charakter. Doch das Interieur übertraf ihre kühnsten Vorstellungen von wahr gewordenem Stil.

Diese unter den Gästen scherzhaft als 'Kantine der Milliardäre' bezeichnete Lokalität war jede Mühe eines Besuches wert. Die Schlichtheit des erleuchteten Raumes, dessen Wände mit schwarz-weißen Bildern geschmückt waren, lenkte keinesfalls von den üppig gedeckten Tischen ab. In diesem Restaurant war ersichtlich, dass man der Berufung feinster italienischer Küche zu folgen wünschte.

Noch ehe sich Angel nach ihrem Begleiter umsehen konnte, wurde sie von einem mit schwarzer Stoffhose und weißem Hemd bekleideten Kellner empfangen, dessen weinrote Krawatte den eleganten Abschluss zu dem eleganten Ensemble bildete. »Herzlich willkommen im 'Sette Mezzo'. Kann ich Ihnen behilflich sein?«, fragte er höflich.

Hier bin ich eher zu bieder angezogen, dachte sie konsterniert. »Ich warte auf meinen Begleiter, Professor Latton.«

Der Kellner schien die Schüchternheit in ihrer Stimme nicht bemerkt zu haben. Oder zumindest bemühte er sich, ihr kein schlechtes Gefühl zu vermitteln.

»Professor Latton bevorzugt den hinteren Tisch am Fenster«, brauchte er beinah nicht zu sagen, denn im gleichen Augenblick erblickte sie ihren attraktiven Begleiter.

»Vielen Dank«, warf sie ein und schlängelte sich zwischen den Tischen hindurch. Robert lächelte sie schon von weitem an. Seine legere Art vom Abend des Jazzkonzerts war durch einen Herrenanzug aus hochwertigem Stoff nicht wiederzuerkennen. *Sehr imposant.*

Nach einer eher nüchternen Begrüßung im Stehen half ihr der Psychologe aus dem Mantel. Beim Hinsetzen schob er ihren Stuhl an den Tisch heran.

Ganz die alte Gentlemanschule, dachte Angel sichtlich beeindruckt. *Warum hat so ein toller Kerl bloß keine Beziehung?*

»Es freut mich, dass du gekommen bist ... «, begann Robert das Gespräch.

»Bei einer Einladung zu einem guten Essen kann ich einfach nicht 'Nein' sagen«, fiel ihm Angel keck ins Wort. Für einen winzigen Augenblick genoss sie seinen bedröppelten Gesichtsausdruck. »Und gutes Essen fängt bei mir mit zauberhafter Begleitung an.«

Einer der Kellner brachte zwei Speisekarten. Doch sie schaute keinesfalls hinein, sondern herausfordernd in die grünen Augen ihres Gegenübers. Sie erhoffte sich, darin etwas über diesen Mann herauszulesen. Was sie fand, war ein wilder Ausdruck, den sie nicht zuzuordnen vermochte.

»Überrasche mich.« Angriff war Angels beste Verteidigung. »Ich hätte Lust auf eine leichte Speise und, da wir italienisch essen, auf Mozzarella.«

»Einverstanden«, sagte er. Seine Grübchen verrieten ein flüchtiges Amüsement über die Anspruchslosigkeit der gestellten Aufgabe. Selbstbeherrscht winkte er dem Kellner zu, ohne einen Blick in die Menu-Karte zu verlieren.

»Als Vorspeise hätten wir gern Ihre 'Mozzarella Farcita' mit einer Flasche 11er 'Tocai friulano', falls Sie ihn noch vorrätig haben. Als Hauptspeise möchte meine Begleiterin 'Insalata Fresca'. Ich bevorzuge dagegen 'Spiedini Di Gamberetti', was wir mit Ihrer berühmten Zitronentarte und einem deutschen 12er 'Kiedrich Turmberg Riesling Spätlese' abrunden werden, sollten Sie diesen Wein ebenfalls noch vorrätig haben. Die Karte würden wir gern behalten, falls es Ihnen recht ist.«

Der Kellner lächelte freundlich, nachdem er die Wünsche notiert hatte. »Aber natürlich ist es mir recht. Ausgezeichnete Wahl! Für Sie, Professor Latton, steht doch unser *spezieller* Weinkeller immer offen. Wenn Sie mich entschuldigen würden? Ich werde es veranlassen.«

»Ich bin beeindruckt.« Angel wollte nicht zugeben, dass sie weitaus mehr als beeindruckt war. Robert war kultiviert, gebildet, attraktiv, schlagfertig ... Er schien einfach keinen Makel zu haben. Ein Mannsbild, bei dem ihr Denkvermögen aussetzte und den

Hormonen die Leitung ihres Körpers übergab. *Bestimmt bin ich nicht mal die erste Frau, die er mitbringt. Alte Masche!*

Als hätte er ihre Gedanken gelesen, antwortete er: »Es braucht dich nicht zu beeindrucken. Früher war ich öfter hier. Meistens waren es Geschäftsessen mit meinen Patienten. Mit einer so wunderschönen Frau allerdings noch nie.«

»Danke.« Das Kompliment verfehlte seine Wirkung nicht. Wie sehr Angel sich auch bemühte, sachlich zu bleiben, es gelang ihr zunehmend schlechter.

»Es freut mich wirklich außerordentlich, dass du meiner Einladung gefolgt bist. Ich dachte, ich hätte mich bei dem Jazzkonzert wie ein Esel aufgeführt ... «

Naja, eigentlich solltest du mich von Scott ablenken. Aber nicht auf diese Art, der ich so gar nicht widerstehen kann. »Keinesfalls. Ich fand es sogar sehr originell. Und schließlich habe ich zurückgerufen, oder? Dann wird es so schlecht ja nicht gewesen sein.« Angel grinste.

Etwas Wahrheit steckte tatsächlich darin, sonst hätte sie die Visitenkarte sofort entsorgt. Der Psychologe entgegnete ihr Lächeln.

Schau dir nicht diese Grübchen an! Bleib sachlich!, ermahnte sie ihre eigene Vernunft, die sie gerade zu verlassen drohte. Sie spürte förmlich, wie aufregend sie ihn fand. *Es passt alles so verdammt gut zusammen: der vornehme Robert, das feine Lokal, die bestens gewählte Zeit. Auch die Tatsache, dass ich seit Jahren keine Beziehung mehr hatte ... Zu gut sogar! Dieser Kerl ist eine Nummer größer als jeder bisherige in meinem Leben.*

»Warum bist du eigentlich Polizistin geworden?«, fragte Robert unvermittelt.

»Vielleicht habe ich damals einen mir fremden Mann angeflunkert?«, entgegnete Angel kokett mit einer Gegenfrage und erntete sofort einen verschmitzten Gesichtsausdruck.

»Nein, das glaube ich nicht. Ich finde es bewundernswert. Und ich wäre nicht Psychologe, wenn ich nicht genau diese Frage gestellt hätte.«

Im gleichen Augenblick brachte der Kellner den Wein und zeigte seinen Gästen sorgfältig das Etikett, das Angel absolut nichts sagte. Mit geschickten Bewegungen goss er den Inhalt in die Gläser und entfernte sich so unauffällig, wie er gekommen war.

»Salute!« Robert hob sein Glas in die Höhe. »Bei diesem Wein mag ich den Geschmack von weißen Blüten. Manche erkennen darin auch eine Komposition von Thymian, Kamille und Heu. Auf jeden Fall ist es ein sehr guter Italiener.«

Verdammt attraktiv, aber doch ein Klugscheißer. »Salute!« Angel nippte am Glas. Falls sie einen edlen Tropfen trank, dann war es stets eine liebliche Sorte, worüber ein Weinkenner schmunzelte. Auch wenn sie weder die weißen Blüten noch den Thymian für sich darin finden konnte, schmeckte ihr der Wein gut.

»Ich habe keine Ahnung, warum ich Polizistin wurde. Ich schätze, es hat sich so ergeben«, log Angel. Die Antwort auf diese Frage lag eher in ihrer Kindheit verborgen. Doch diesen Einblick in ihr Privatleben wollte sie der Welt verwehren.

»Ich wurde Psychologe, weil mich die menschliche Psyche schon immer faszinierte. Wie kann man das Verhalten verändern? Warum handeln Menschen in gleichen Situationen unterschiedlich? Vermutlich bin ich in die Fußstapfen meiner Mutter getreten, denn einen Vater, der das Unheil hätte verhindern können, gab es in meinem Leben nicht.« Bei der Erwähnung seiner Mutter blitzte etwas in Roberts Augen auf.

»Das tut mir sehr leid«, erwiderte sie, betroffen, in ein Fettnäpfchen getreten zu sein.

»Nicht der Rede wert. Sie war und bleibt für mich eine wundervolle Frau. Unser Essen!«

'War' - dieses kleine Wort war Angel nicht entgangen, auch wenn sie es gut zu verbergen wusste. *Das ist es, was ich gerade eben in seinen Augen sah. Der Tod seiner Mutter scheint ihn noch immer mitzunehmen.*

Ganz offensichtlich wollte er das traurige Thema wechseln, als er das Essen erwähnte. Überaus in Angels Sinn.

»Es sieht exzellent aus! Ist das wirklich Mozzarella?«, fragte sie begeistert. 'Mozzarella Farcita', die Vorspeise, die ihr gereicht wurde, roch köstlich nach Parmaschinken. Der Kellner kannte offenbar diese Reaktion seiner Gäste, denn er schmunzelte lediglich.

»Si, Signora! Das ist Mozzarella, der wie ein Pizzateig mit dem besten Parmaschinken, Salat, Tomaten und sonstigen Zutaten nur von unserem Küchenchef belegt und anschließend gerollt wird. Lassen Sie es sich schmecken.« Mit diesen Worten und nach einem kritischen Blick auf die Gläser, die er wortlos nachfüllte, ließ er seine Gäste allein.

»Probiere mal auch das Brot dazu. Alles hausgemacht.« Robert lachte.

Angel biss beherzt hinein. »Es schmeckt wahrhaft köstlich!« Nun konnte sie nachvollziehen, warum, falls ihre kurze Internet-Recherche tatsächlich richtig war, selbst Oprah Winfrey von diesem kleinen Lokal als 'a piece of Italy' schwärmte. Es kam dem Flair von Bardolino sehr nahe, einer gemütlichen Stadt in der italienischen Provinz Verona, in der die beste Freundin ihrer Mutter früher gewohnt hatte. Diesem Umstand verdankte sie es, dass ihr diese Kultur so vertraut vorkam.

»Ich will mal frech sein. Darf ich?« Angel entschloss sich zu einem offensiven Vorgehen. *Entweder akzeptiert er es, oder eben nicht. Schließlich habe ich nichts zu verlieren!*

»Nur zu.« Robert Latton schien mehr amüsiert als verwundert. »Ich habe nichts zu verbergen.«

»Okay. Dann ... warum hat so ein intelligenter, reicher und gut aussehender Mann keine Frau an seiner Seite?« Angel bereute sogleich, ihre Gedanken ausgesprochen zu haben. »Tut mir leid ... ich hatte kein Recht ... das ist bestimmt der Wein ... «, stotterte sie, als sie einen ernsten Ausdruck in seinem Gesicht sah. *Was ist bloß mit mir los? Warum habe ich dieses komische Gefühl, als wären wir seelenverwandt?*

»Schon gut.« Lattons Miene entspannte sich. »Um es mit deinen Worten zu sagen: Es hat sich einfach nicht ergeben. Aber wenn wir dabei sind ... Wenn ich auf deinen Finger schaue, sehe ich ebenfalls nicht die Spur von einem Ehering. Und du folgtest meiner Einladung, ohne zu zögern. Falls ich auch so frech sein dürfte ... Warum hat eine so wunderschöne, kluge Frau keinen Mann, der sie anhimmelt? Zumal Polizistin ein Beruf ist, bei dem man öfter gut aussehenden Kerlen begegnet ... «

»Offenbar doch nicht«, lächelte Angel, womit sie verbarg, wie sehr sie diese Frage getroffen hatte. *Ja, ich wüsste nur zu gern, warum Männer Angst vor selbstbewussten Ermittlerinnen haben!* »Wäre es aber anders, dann säßen wir nicht hier und könnten nicht ... « Sie unterbrach sich abrupt.

»'Insalata Fresca' per la Signora.« Der Kellner stellte einen riesigen, schmackhaft angerichteten Salatteller vor ihr ab und wandte sich ihrem Begleiter zu. »E 'Spiedini Di Gamberetti' per il Signore.« Ein nicht weniger verlockender Teller mit Garnelenspießchen landete auf dem gegenüberliegenden Platz. »Buon appetito!«, wurde ihnen gewünscht, nachdem die Gläser erneut wortlos mit Wein nachgefüllt wurden.

Der Psychologe lachte herzhaft. »Hört, hört ... Aber genauso ist es. Worauf wollen wir trinken?«

»Wie wäre es mit einem weiterhin zauberhaften Abend?« Angel wollte es kaum zugeben, doch sie fühlte sich in Roberts Gesellschaft außerordentlich wohl.

»Mögen ihm noch weitere folgen! Salute!«

»Salute!« Sie war nicht sicher, ob diese Vorstellung sie erfreute, oder ob sie ein wenig zu früh kam. Sie nahm erneut einen Schluck aus ihrem Glas.

»Dann - einen guten Appetit wünsche ich dir, Angel. Übrigens sieht dein Kleid bezaubernd an dir aus.«

Sie spürte, wie sie errötete. *Wie lange ist es her, dass ich solche Worte aus dem Mund eines attraktiven Mannes gehört habe?* Die Antwort fiel ihr nicht auf Anhieb ein. »Dieses Kompliment kann ich nur zurückgeben. Es ist nicht alltäglich, an einem Tisch mit einer so interessanten Person zu sitzen. Guten Appetit! Erzählst du mir, was du so tust?«

Während Richard Latton Angel in die Geheimnisse der kognitiven Verhaltenspsychologie, sein Arbeitsgebiet, einführte, versuchte sie aus seinem Gesicht den berühmten 'Haken an der Sache' herauszulesen. *Warum hast du jetzt keine Beziehung, Robert? Warum?* Doch das Einzige, was sie sah, waren die verdammten Grübchen, die sie aus der Fassung brachten.

*****

»Weshalb bist du wirklich Polizistin geworden, Angel? Denn es gibt einen Grund dafür.« Roberts Stimme klang sanft. Der Kellner machte eine späte Runde durch das Lokal und sammelte die leeren Teller ein. An manchen Tischen blieb er stehen und füllte die Gläser nach. Als er an ihrem angelangt war, nickte Robert fast unmerklich zum Dank.

»Hat Ihnen unsere Zitronentarte geschmeckt, Signora?«, fragte der Kellner, während er zum wiederholten Male den Riesling nachschenkte.

»Großartig! Ich könnte nicht mal entscheiden, was mir heute Abend am besten geschmeckt hat. Ein Lob an den exzellenten Chef de Cuisine. Ein vorzügliches Essen!«

Du Trottel ... 'Chef de Cuisine'? Heißt bei den Italienern wohl ganz anders? Und diese komische Sprache auch noch ... Wie viel Alkohol hast du schon intus?, überlegte Angel. Doch der Kellner schien, diesen Blödsinn nicht bemerkt zu haben. Er bedankte sich freundlich und setzte seine Arbeit an den Nebentischen fort.

Mittlerweile hatten sich die Räumlichkeit des 'Sette Mezzo' geleert. Der bei ihrer Ankunft belebte Raum bekam jetzt einen eher vertrauten Charakter, bei dem vorwiegend Pärchen verlegen mit ihren Fingern an Weingläsern spielend halblaut diskutierten. Angels Uhr am Handgelenk verriet, dass sie soeben zauberhafte dreieinhalb Stunden in der Gesellschaft eines Mannes verbracht hatte, der sie immer mehr faszinierte. Doch die Realität sah vor, dass das Restaurant um 23 Uhr schließen würde.

Also, was passiert heute noch? Wird er mich nach Hause bringen? Lag es am Wein oder an diesem großartigen Begleiter, der sie wie ein Gentleman zu bezirzen wusste, dass sich Angel nun in einer melancholischen Grundstimmung befand?

»Ich wollte Kindern helfen«, rutschte es aus ihr heraus. Wenn sich bewahrheitete, dass Wein die Zunge lockerte, dann hatte sie ihre magische Grenze bereits überschritten. Denn so ehrlich war sie noch nicht mal zu Scott. In vino veritas - im Wein liegt Wahrheit.

»Kindern? Warum ausgerechnet Kindern?«, fragte Robert einfühlsam. Offenbar hatte Angel seine berufliche Neugier geweckt.

»Weil ich nicht ertragen kann, wenn ihnen Leid geschieht. Ein Missbrauchsfall verändert alles. Das Leben des kleinen Opfers aber auch das der bedauernswerten Eltern, Großeltern und Freunde, die die Zeichen des Missbrauches an ihrem Schützling übersehen haben - sie alle werden zu Leidtragenden. In einem winzigen Augenblick ändert sich die Welt. Ab sofort sehen sie sich als Täter der geraubten Kindheit ihres Schützlings, während das wahre Monster keinen einzigen Gedanken daran verschwenden wird. Sie bekommen Schuldgefühle, obwohl ihre Schuld vielleicht nur darin lag, kleine Zeichen zu übersehen. Darum bin ich wohl Polizistin geworden. Um den Kindern zu helfen. Und nun schütze ich auch Erwachsene.« Angel merkte plötzlich, wie sehr ihre Stimme zitterte. *Er ist Psychologe, er wird die Parallelen ziehen,* stellte sie erschrocken fest. *Ich habe zu viel Wein getrunken!*

Da Robert schwieg, versuchte sie, eine elegante Kurve in diesem Gespräch zu bekommen. »Eigentlich bin ich nicht nur Polizistin. Ich gehöre einer FBI-Einheit an, der sogenannten *Behavioral Analysis Unit,* die sich mit der Verhaltensanalyse beschäftigt. Manchmal werden wir auch bei Korruption oder Bombendrohungen angefordert. Im Moment befinde ich mich im Zwangsurlaub, nachdem ich mich bei dem Fall eines Kinderhändlerringes nicht ganz beherrschen konnte.« Während sie es ausgesprochen hatte, staunte Angel über diesen unerwarteten Anflug von Ehrlichkeit. Das war so gar nicht ihre Art.

Der Psychologe hörte ihr schweigend zu. Fast dachte sie, ihn gelangweilt zu haben, zumal er seinen Kopf nachdenklich gesenkt hatte. Dann schaute er Angel an. Es kam ihr vor, als könne er ohne jegliche Mühe in sie hineinsehen.

»Ich habe einem schwer misshandelten Jungen geholfen. Er wurde von seiner Mutter einer Sekte geopfert. Wer je Kindesmissbrauch erlebt hat, sollte es potenzieren, wenn er erfahren will, wie es diesem Kind ergangen ist. Ich habe Adam befreit. Und verloren ... «, sagte er so langsam, dass es sie erschaudern ließ.

»Was ist mit ihm passiert?«, fragte sie entsetzt.

»Er ist vermutlich an einem Ort, an dem ihn keiner findet«, erwiderte Robert und stand eilig auf. Angel fiel auf, dass er ihrem Blick auswich. »Entschuldigung, ich komme gleich wieder«, warf er ein und lief in Richtung der Toilette. Sie schaute ihm verständnislos nach.

Eine Viertelstunde später kehrte er an den Tisch zurück. Angel war immer noch unschlüssig, was sie über sein plötzliches Verhalten denken sollte. Vielleicht wäre sie sogar schon nach zehn Minuten heimgegangen, wenn sie der Kellner nicht zum Zeitvertreib in ein erfrischendes Geplänkel verwickelt hätte. *Seltsam unhöflich,* dachte sie.

»Verzeihung. Wo waren wir stehen geblieben?« Mit diesen Worten vertrieb er die Bedienung vom Tisch und setzte sich wie selbstverständlich an seinen Platz. Hätten sie sich in einem früheren Gespräch nicht ihre gegenseitige Abneigung für Zigaretten bekundet, hätte Angel schwören können, einen ganz dezenten Zigarettengeruch an ihm wahrgenommen zu haben.

Wer steckt sich nach dem Essen gleich eine Kippe an, dass die gesamte Toilette stinkt? Unglaublich. »Ist alles in Ordnung? Du bist so schnell losgeeilt?«

»Alles bestens.« Vorbei war die Sensibilität in seiner Stimme.

Die Geschichte mit dem kleinen Adam muss ihn schwer getroffen haben, schlussfolgerte Angel. »Wir sprachen darüber, dass es langsam spät geworden ist«, warf sie lächelnd ein, in der Hoffnung, einen Hinweis auf seine Vorstellung des Restabends zu erhaschen.

»Tatsache?«, wunderte sich Robert. »Sehr schade.« Er drehte sich zum Kellner um. »Wir würden gern zahlen. Bist du mit deinem Auto hier?«

»Nein, mit den Öffentlichen.« Noch ehe Angel ihr Portemonnaie überhaupt finden konnte, um eine gewisse Bereitschaft zur Beteiligung zu signalisieren, war die Rechnung beglichen. Sie war so perplex über Roberts verändertes Benehmen, dass sie den Moment nicht wirklich bewusst wahrnahm, als ihr der Kellner in ihren Mantel half.

Kaum hatten ihre Füße den Boden der Lexington Avenue berührt, schon stand ein Taxi für sie bereit. Ihr Begleiter sprach kurz mit dem Fahrer, holte erneut wortlos seine Geldbörse heraus und verabschiedete sich mit den Worten: »Es war ein wunderbarer Abend, wir müssen das unbedingt wiederholen.«

Kapitel 13

»Er hat was gemacht?« Sarah konnte nicht begreifen, was sie gehört hatte. Sie schob soeben einen weiteren Streifen der gelieferten Pizza in den Mund.

Lediglich zwei kleine Katzenaugen verfolgten die Bewegung mit regem Interesse und in der Hoffnung, dass wieder ein Stück des geliebten Käses den freien Fall direkt auf den Teppich wählen würde. Oreo fühlte sich allzeit bereit, die Krümel in Windeseile aufzufangen.

»Der großherzige Psychologe hat die Rechnung beglichen und mich wie ein kleines Mädchen in ein Taxi nach Hause gesteckt! Du hast es richtig gehört.« Angels Stimme schwankte zwischen gewaltiger Enttäuschung und Wut. »Dabei war der Abend wirklich sehr schön. Ich verstehe diesen Kerl nicht. Erst zeigt er großes Interesse, macht mir Komplimente, und dann? Männer sind doch Idioten.«

»Ach, Hase. Wenn nicht der, kommt der Nächste. Du bist so toll, dass es sich nicht lohnt, noch einen Gedanken an den Typen zu verschwenden!« Sarah fand es unpassend, in diesem Moment zu erwähnen, dass Milo, der Schuhgeschäftsleiter vom Jazz-Abend, sie zu einem gemeinsamen Urlaub eingeladen hatte. Zum Berichten hatte sie einen Monat Zeit. Eventuell würde sie dafür einen geeigneteren Augenblick finden.

»Aber ich verstehe das nicht! Was lief bei uns verkehrt?« Angels Stimme klang jämmerlich.

»Nichts. Vielleicht ist es der falsche Typ für dich. Ganz einfach. Und ich sage dir was: Wenn du noch einen Gedanken an den verschwendest, dann besuche ich ihn persönlich in seiner Praxis und stelle ihn zur Rede! Kein Kerl der Welt ist es wert, dass du dir um ihn deinen hübschen Kopf zerbrichst!« Oreo nutzte die Unaufmerksamkeit, während Sarah ihre Freundin tröstend umarmte, um mit seiner schmalen Samtpfote ein großes Stück käsegetränkten Belags über die Couch direkt in seine Nähe zu ziehen.

»Du Gauner!«, schimpfte Angel mehr amüsiert als ernsthaft erbost, als sie das abrupte Verschwinden des Katers unter dem Tisch bemerkte. Sie ahnte, was passiert sein könnte. Nur ein ausreichend großer Pizzahappen konnte Grund genug sein, dass das Tierchen plötzlich das Interesse an der Beute verlor. »Wie recht du hast, Sarah. Der Typ ist es tatsächlich nicht wert, einen einzigen Gedanken an ihn zu verschwenden. Was möchtest du trinken?« Angel erhob sich von der Couch.

»Noch 'ne Cola, bitte. Die Kalorien müssen schließlich stimmen, nicht wahr? Soll ich dir helfen?«

»Du passt lieber auf, dass uns Oreo nicht die ganze Pizza klaut! Und du überlegst dir, was du mir von deinem Mr. Right erzählen möchtest, denn bisher haben wir nur über mich gesprochen!« *So ein schlauer Dieb, dieser kleine Kater*, schmunzelte sie auf dem Weg in die Küche.

In dem Augenblick, als sie zwei Gläser Cola einschenkte, klingelte es an der oberen Tür zur Wohnung. Angel spähte durch den Spion und konnte die bunten, doch recht verzogenen Farben, die sie darin sah, nicht zuordnen.

»Wer ist da?«, fragte sie zur Sicherheit.

»Ich sollte etwas hier abgeben«, antwortete ihr eine teils piepsige, teils leicht männlich klingende Stimme. Sie öffnete die Tür.

Dem Stimmbruch und der Größe nach zu urteilen stand vor ihr ein schätzungsweise zwölfjähriger Junge, dessen Gesicht durch einen bunten Blumenstrauß verdeckt war. In der Hand trug er ein längliches Paket.

»Bist du dir sicher, dass du zu mir willst?«, fragte Angel unschlüssig.

»Ich sollte im zweiten Stockwerk bei Mrs. Davis klingeln und dieses Zeug abgeben, wurde mir gesagt«, antwortete das Kind mit Überzeugung.

»Na gut, dann wird es so richtig sein. Danke sehr«, lächelte Angel und nahm dem Jungen die Sachen ab. »Warte, ich wollte dir noch ... «

»Nicht nötig. Ich soll kein Geld nehmen, hat man mir gesagt«, hörte sie die im Treppenhaus verschwindende Stimme des Kindes rufen, kurz bevor die untere Eingangstür aufging. *Diese Power möchte ich auch mal haben*, dachte Angel und schloss die Wohnung. Die neugierige Nachbarin von gegenüber hatte schließlich schon genug zu sehen bekommen.

»Wer war das?«, fragte Sarah interessiert, als ihre Freundin mit den Blumen und einem Paket das Wohnzimmer betrat. Angel legte alles auf dem Tisch ab, eilte in die Küche, brachte die gefüllten Cola-Gläser und setzte sich dazu.

»Ich habe absolut keine Ahnung. Ein Junge hat das eben an der Tür abgegeben. Irgendjemand hat ihn unten offensichtlich reingelassen. Dann stand er vor der Tür. Wirklich null Schimmer, was das soll!« Die Ermittlerin merkte nicht einmal, dass sie sich wiederholte.

»In diesem Fall sollten wir das Paket einfach mal aufmachen.« Das erschien tatsächlich die einzig sinnvolle Maßnahme.

Mit einem leichten Ziehen befreite Angel das schlicht eingewickelte Päckchen von der Zierkordel und ahnte bereits, was der Inhalt sein würde. Während Sarah ihre Nase in den wunderbar duftenden Blumen vergrub, zog sie eine Flasche Wein heraus. 'Kiedrich Turmberg Riesling Spätlese, Jahrgang 2012' las sie vor. Es war der edle Tropfen, den sie noch am Vorabend als unglaublich wohlschmeckend tituliert hatte.

Das kann nur von Robert Latton sein, ging es ihr durch den Kopf. Ein beigefügtes, handgeschriebenes Kärtchen bestätigte ihren Verdacht.

»Liebe Angel,

ich bin ein unendlicher Trottel und würde nur zu gut verstehen, wenn du die Einladung für morgen zu einem Picknick im Central Park ablehnst. Sollte das nicht der Fall sein, wäre ich der glücklichste Mensch auf dieser Erde. Ich habe etwas wiedergutzumachen. Morgen werde ich einfach gegen 15 Uhr bei dir vorbeikommen und sehr hoffen,

dass du mich erneut mit Deiner Gesellschaft beehrst.

Liebe Grüße, Dein Robert.«

Angel gab den Zettel ihrer Freundin, die ihn gierig las.

»Ist das süß!« Sarah betonte das »ü« diesmal besonders lang. »Meine Güte, wann habe ich so etwas Niedliches schon mal bekommen? Vielleicht ist der Typ gar nicht so schlecht, Angie? Auf jeden Fall gibt er sich wirklich viel Mühe. Ich würde es nochmal riskieren, denke ich.«

»Meinst du? Und einfach vergessen, wie komisch er sich gestern verhalten hat? Na, ich weiß nicht.« Angel war trotz des mittlerweile erweichten Herzens immer noch skeptisch.

»Schau mal ... Ihr habt etwas zu viel Alkohol getrunken. Vielleicht verträgt er das nicht so gut? Mal ehrlich, du verträgst es ja auch nicht. Und er hat sich die ganze Zeit wie ein Gentleman verhalten. Da kenne ich schon Dates, bei denen mich die Kerle sogar haben zahlen lassen. Das tat er nicht!«

»Na gut, recht hast du. Ich gebe ihm noch eine kleine Chance, wenn du einen Schluck von dem Wein probierst. Der schmeckt wirklich großartig.« Angel lachte.

» ... und die Pizza können wir vergessen! Ich bin aber zum Glück richtig voll!«, ergänzte Sarah, die bemerkte, wie der Kater sich bereits über die Pizzareste hermachte.

Kapitel 14

Montag, 23.06.2014

Im Großraumbüro der 20. Etage des FBI-Gebäudes an der Federal Plaza roch es nach frisch gebrühtem, sehr starkem Kaffee. Es war einerseits ein Indiz dafür, dass eine Besprechung an erster Stelle der Tagesordnung stand. Andererseits bedeutete es aber auch, dass sich Scott Goodwin bereits vor seinem Team im Gebäude aufgehalten und Kaffee gekocht hatte.

Nach deutlich mehr als zwei Wochen Abstinenz vom Büro erschien Angel alles unglaublich fremd. Und natürlich erinnerte sie sich an die ursprüngliche Idee des frühmorgendlichen Kaffee-Rituals. Für die Mitglieder des Teams bedeutete es entweder einen neuen Fall oder die Wendung in einem aktuellen.

Für gewöhnlich gehörte es zu Angels Aufgaben, die Fälle inhaltlich so zu präparieren, dass das Team die bestmögliche Ausgangslage für eine Fallanalyse bekam. Sie erhielt daher stets alle Informationen als Erste, teilweise noch, bevor Scott Goodwin sie einsehen konnte. Doch diesmal hatte ihr Chef diese Aufgabe höchstpersönlich übernehmen müssen.

Schweren Herzens betrat sie ihr Büro. Ihre Kollegen, die seit einiger Zeit zu ihrem täglichen Umgang zählten, trauten sich nicht, ihr in die Augen zu sehen. Dass sie die interne Überprüfung mit wenig Begeisterung aufgenommen hatten, war Angel nicht nur aus den kurzen Berichten von Josh bekannt. Das konnte sie sich auch so denken.

Zudem hatte sie vergessen, sich bei ihrem mehr als geduldigen Freund und Kollegen telefonisch zurückzumelden. Zu sehr drehten sich ihre Gedanken im Moment um den unwiderstehlichen Psychologen, der ihr den Kopf verdreht hatte.

Doch als sie auf ihren Arbeitsplatz sah, füllten sich ihre Augen mit Tränen. »Herzlich willkommen, Angie« stand in Großbuchstaben auf einer riesigen Torte, die - zusammen mit wunderschönen, duftenden Rosen - ihren Schreibtisch schmückten. Nach und nach kamen sie alle, um ihre Kollegin zu begrüßen. Vor Ergriffenheit konnte Angel kein Wort herausbringen.

»Danke«, wisperte sie, als sie von Josh und Michelle in Empfang genommen wurde. Selbst der sonst so wortkarge Bryan murmelte lächelnd seine übliche Begrüßungsformel und gab ihr die Hand. Die Erleichterung im Klang seiner Stimme war für jeden hörbar, der ihn schon seit Jahren kannte.

Nur Scott fehlte mal wieder in der Runde.

Ihr Chef stellte gerade noch die Informationen am Laptop zusammen, als Angel den Besprechungsraum der Einheit betrat.

»Hi«, sagte sie beinahe schüchtern.

Scott sah hoch. Er lächelte plötzlich. »Was starrst du mich so an? An die Arbeit! Ich komme wieder mal nicht mit der Darstellung klar. Wurde auch Zeit, dass du das übernimmst.« Im Klartext hieß das, dass er sich über ihr Erscheinen freute.

Sonst hatte Angel für solche Fälle einen frechen Spruch parat. Doch diesmal entgegnete sie nur ein »Danke«.

Mehr nicht. Stille.

Der Rest des Teams ließ sich noch nicht blicken, weil sie wussten, wie schwer die Situation für ihre Kollegin bereits jetzt sein musste. Und wie diffizil das Verhältnis der beiden zueinander.

»Angel.« Scott unterbrach das Schweigen. »Willkommen zurück im Team.« Er atmete tief ein, während sein Körper eine steife Haltung einnahm. »Raffaella Bertani hätte Zeit für dich. Du kannst es dir frei einteilen, wenn du willst. Aber sprich bitte mit ihr ... «

»Vielen Dank für die Mühe«, antwortete Angel patzig. »Ich habe bereits einen guten Psychologen gefunden, an den ich mich wenden könnte, damit deine Bedenken meine Leistungsfähigkeit betreffend aus der Welt geschafft werden können.« *Na toll! Das läuft gar nicht so, wie ich es mir vorgestellt habe*, dachte sie enttäuscht. Sie empfand sich in diesem Moment selbst als zickig und war verärgert über diese

Erkenntnis. Eigentlich wollte sie diese Dissonanz, die seit dem vermasselten Einsatz zwischen ihnen herrschte, begraben. Doch mit ihrer Äußerung bewirkte sie lediglich, dass sich Scott wieder zurückzog. *Er meint es lieb*, ging es ihr durch den Kopf. Zu spät.

Scott wandte sich wortlos wieder seiner Tätigkeit zu.

»Sehr gut«, gab er zurück, als wäre damit das Thema für immer gelöst. Es war das erste Mal, dass Scott zu ihr derart unpersönlich zu ihr wurde. Diese Tatsache frustrierte Angel noch mehr. Und dass es nicht vorbei war, konnte sie bereits erahnen.

»Soll ich das Team zusammenrufen?« Sie hoffte, ihm die Vorlage zu einem weiteren Gespräch geliefert zu haben.

»Danke, ja.« Schweigen.

Dass ich seine Hilfe ablehne, scheint ihn verletzt zu haben ...

Eiligen Schrittes verließ sie den Raum, um den Kollegen Bescheid zu geben, dass die Fallanalyse beginnen konnte.

*****

»Ich weiß nicht wirklich, ob wir einen neuen Fall haben.« Scotts Stimme klang wieder gefasst, als wäre vorher nichts passiert. Er setzte sich an den Tisch im Besprechungszimmer mit dem Rücken zu der Wand, an die Bilder von fünf aufgequollenen Wasserleichen projiziert wurden. Jedem anderen Menschen hätte schon eines dieser Fotos für lange Zeit den Appetit verdorben. In diesem Raum gehörten sie zur traurigen Routine.

»Hier sehen wir unsere Opfer in chronologischer Reihenfolge: David Bishop, Brian Collister, Chris Harper, Mike Hobbs und Matt Baker. Alle diese Männer wurden am Ufer des Hudson River gefunden. Das erste Opfer vor ungefähr fünf Jahren. Die Zeitspanne zwischen den Todesfällen verringert sich. Während zwischen dem ersten und zweiten Leichenfund weit über ein Jahr verstrichen ist, waren es bei dem vierten und fünften Fund nur vier Monate. Das Kuriose ist, dass die Leichen keine Kampfspuren aufweisen, die man direkt mit dem Todeseintritt in Verbindung bringen könnte - lediglich die typischen und zu erwartenden

Treibverletzungen. Man hielt die Fälle bisher für einen Akt der Selbsttötung unter Drogenmissbrauch. Zumal bei den Leichen charakteristische Merkmale für Tod durch Ertrinken zu finden sind.« Scott unterbrach sich, um einen Schluck Wasser aus seinem Glas zu nehmen.

»An diesem Fall wird sicher mehr dran sein, wenn er uns zugeteilt worden ist, oder?«, fragte Josh McMelma verdutzt.

»Kann man so sagen. Die Opfer weisen gewisse Parallelen auf: fast identisches Alter von 45-50 Jahren, männlich, sehr vermögend, weiße Hautfarbe, und sie alle haben Familien. In keinem der Fälle wurde ein Abschiedsbrief gefunden, was ich für unrealistisch halte. Keiner dieser Männer hatte rein äußerlich einen Grund, sich das Leben zu nehmen, und die Durchsuchung der Wohnungen der Opfer ergab, dass sie keine Habseligkeiten mitgenommen hatten, die darauf hindeuteten, dass sie für längere Zeit untertauchen wollten. Sonderbarerweise verschwanden diese Männer alle ungefähr eine Woche vor ihrem scheinbaren Selbstmord. Wenn es sich nicht um einen unmöglichen Zufall handelt oder sie nicht Opfer einer Sekte geworden sind, dann könnten wir es mit einem äußerst intelligenten Serienmörder zu tun haben, der fast perfekte Morde plant und durchführt. Vielleicht sind es aber auch mehrere Täter, die fähig wären, einen Mord wie einen Selbstmord aussehen zu lassen. Sie beseitigten die Leichen, ohne Spuren zu hinterlassen. Nur ... Warum? Geiselnahme scheint als Motiv nicht in Betracht zu kommen, da keine Forderungen gestellt wurden. Selbst auf den Konten registrierten wir keinerlei Bewegungen nach dem Todeseintritt.«

»Wie lange liegt der letzte Mord zurück?«, fragte Dr. Michelle Bellamy interessiert.

»Drei Monate. Ganz aktuell wurde ein weiteres Verschwinden gemeldet: Es handelt sich um Timotheus Miller, den CEO von MetDental, einer recht bekannten Firma im dem Gesundheitssektor. In unser Opferprofil würde er sehr gut passen. Seine Frau Grace meldete ihn am letzten Dienstag als vermisst. Er kam nicht wie gewohnt von der Arbeit nach Hause. Seine

Sekretärin, Madeline Abell, sah ihren Chef als letzte. An diesem Tag schien er einen wichtigen Termin zu haben. Was es für ein Termin war, wissen wir leider nicht. Weder auf seiner Agenda noch in seinen Aufzeichnungen konnten die Kollegen eine Information finden. Jedenfalls kam nach einer Weile heraus, dass unsere Schreibkraft ein Verhältnis mit ihrem Chef hatte. Besonders selbstmordgefährdet erscheint mir ein Familienvater mit einer Affäre allerdings nicht. Wir sollten uns diese Fälle vornehmen.« Scotts Überzeugung klang derart fest, dass Angel den Verdacht hatte, einer der obersten Chefs des FBI hatte ein persönliches Interesse an einer raschen Lösung des Falls.

»Ich nehme an, dass auch diesmal kein Lösegeld gefordert wurde?«, meldete sie sich zu Wort.

Scott schaute auf die Wand mit den darauf projizierten Leichen, als wäre er fähig, die Antwort dort abzulesen. Es lag etwas Ungeklärtes zwischen ihnen. »Nein, bisher nichts.« Schweigen.

»Also fassen wir zusammen: Angenommen, dass wir tatsächlich von einem Mörder sprechen ... Wer könnte er sein? Welche Motive hat er?« Dr. Michelle Bellamy ergriff das Wort. »Die Victimologie zeigt eine stabile Opferwahl: ähnliches Alter, ähnlicher Hintergrund. Ob unser Timotheus Miller dazugehört, lassen wir außen vor. Nehmen wir uns zunächst die fünf gefundenen Wasserleichen vor.«

»Er tötet sie und bleibt irgendwie ... unauffällig.« Scott überflog kurz die Eckdaten der Zeugenaussagen.

»Wie kann das sein? Die Opfer wirken auf den Bildern vor dem Todeseintritt recht athletisch ... Soweit es in den Akten steht, joggten zwei regelmäßig, einer spielte Tennis, und die anderen - Golf. Das setzt eine gewisse Sportlichkeit voraus. Alle hatten über 200 Pfund Gewicht. Stattliche und gesunde Männer«, warf Dr. Bryan Goseburn ein.

»Genau. Unser Täter schafft es, Schwergewichte anscheinend ohne große Mühe wehrlos zu machen, denn die Opfer wurden zunächst ungefähr eine Woche festgehalten. Das bewältigt kein zierlicher Mensch, selbst wenn er Drogen dazu verwendet hätte, sie zu überwältigen.« Josh wusste, wovon er sprach. In seiner Schulzeit hatte er zu den schmächtigen Jungs mit Brille gezählt, die sich eher durch einen großen Intellekt als durch Muskelmasse behaupten mussten.

»Womit die Theorie, dass es sich um eine Männer hassende Frau handelt, wohl ausscheidet. Die hätte die Opfer nur schwer überwältigen können, oder?« Angels Einwand erschien nachvollziehbar. »Könnte vielleicht trotzdem Männerhass ein Motiv sein, wenn es nicht das Geld ist? Könnten diese Personen aus Tätersicht stellvertretend für jemand anderen stehen? Vater, Stiefvater, Bruder, Lehrer, Nachbar und Ähnliches?«

»Schwer zu sagen. Wenn er in den Männern einen Auslöser für seine Wut erkennt, wird er sich tatsächlich genötigt fühlen, sie zu vernichten.« Michelle Bellamy übernahm das Wort.

»Die Morde geschahen gewaltlos. An den Opfern wurden keine Kampfspuren gefunden, lediglich minimale Rückstände von LSD, weshalb man annahm, dass es sich um drogeninduzierte Selbsttötungen handelte, nicht wahr? Was aber wäre, wenn sich unser Täter als Wohltäter sieht?«, setzte Scott die Gedanken weiter fort.

Die Idee gefiel Josh McMelma, der endlich mit seinem Wissen brillieren konnte. »Ich weiß, es erscheint seltsam, doch wie wäre es mit dem sogenannten Samaritermörder? Ich denke da zum Beispiel an den Schweizer Serienmörder Roger Andermatt, besser bekannt als der 'Todespfleger von Luzern.' Er nahm 'aus Mitleid' 22 Menschen das Leben. Wäre so etwas bei unserem Täter denkbar?«

»Klingt zumindest plausibel«, wog Scott ab. »In diesem Fall wäre aber der Ansatz ein anderer. Die Aussagen der Angehörigen der Männer lassen sich mehr oder minder zu einer Grundaussage zusammenfassen: Die Opfer waren gut situiert, kerngesund und hatten keinen triftigen Grund, sich das Leben zu nehmen. Da sie recht weit oben auf der Karriereleiter standen, waren sie sehr erpicht darauf, ein stimmiges, unpersönliches Bild in der Gesellschaft abzugeben. Die Arbeit mit den Familienangehörigen gestaltet sich deshalb etwas schwierig. Sie wollen verständlicherweise um jeden Preis die makellose Darstellung ihrer Väter und Ehemänner aufrechterhalten.«

»Haben die Angehörigen der fünf Männer eine Lösegeldförderung erwartet, nachdem die Opfer als vermisst gemeldet wurden? Sie müssen ziemlich vermögend sein.« Dr. Bellamy wollte sämtliche denkbaren Spuren verfolgen. Selbst die in dieser Untersuchung unwahrscheinlichsten, zum Beispiel die Familienmitglieder als Täter.

»Ausnahmslos. Doch keine dieser Familien wurde mit einer solchen Forderung konfrontiert. Alle Opfer starben auf die gleiche Weise, was eher die These von einem Serientäter unterstützen würde ... « Scott senkte den Kopf und massierte seine Schläfen. Nachdem er gestern Abend seinen Sohn am Flughafen verabschiedet hatte, hatte er einen Schluck zu viel von seinem 25 Jahre alten Chivas Regal zu sich genommen. Seine Ex-Ehefrau Isabella machte den Anschein, dass sie es mit der Versetzung nach Boston ernst meinte. Jetzt flog sie mit ihrem gemeinsamen Sohn dort hin, um in der neuen Stadt ein geeignetes Appartement zu suchen. Der Blick, den ihm Will beim Abschied zugeworfen hatte, hatte Scott fast das Herz gebrochen. Er hatte im Laufe des Abends versucht, sich mit dem edlen Tropfen von der Mischung aus Schuld- und Verlustgedanken abzulenken. Nicht ohne Folgen. Seit dem Aufstehen plagten ihn heftige Kopfschmerzen. Mithilfe von hochkonzentriertem Ibuprofen hoffte er, den Tag halbwegs überstehen zu können.

»Wie wäre es mit einer Sekte, die mit Drogen arbeitet?«, warf Josh ein. »Vielleicht wurden die Männer geopfert?«

»Nicht ausgeschlossen. In der Öffentlichkeit werden die Angehörigen eine Zugehörigkeit sicherlich verneinen. Unser Serientäter tötet so unauffällig, dass wir seit fünf Jahren an Selbstmorde glauben. Bei Ritualmorden gibt es zu viele Zeugen, als dass es nicht eines Tages durchsickern würde. Aber es macht vielleicht Sinn, sich in dieser Szene umzuhören ... « Scott notierte diesen Gedanken als Grundlage für seine Fallbesprechung beim NYPD.

»Was haben wir? Männerhass und Samaritergedanken als mögliches Motiv. Spielschulden und sonstige Ursachen können wir wohl vernachlässigen?«, fasste Angel das Gesagte noch einmal zusammen. »Wem würde dieser Samaritergedanke gelten? Den Angehörigen? Immerhin wurden sie nicht mit Forderungen behelligt. Vielleicht wollte der Täter den vermeintlich unterdrückten Familien helfen?«

»Gab es Hinweise auf häusliche Gewalt, Vernachlässigung, Drogenkonsum oder sonstiges?«, fragte Dr. Goseburn sachlich.

»Wurde bereits laut Akte abgefragt und mit unseren Datenbanken abgeglichen.« Scott staunte darüber, wie viel Zeit er trotz seiner eigenen angespannten Situation in die lästige Papierarbeit eingebracht hatte. »In keinem der Fälle! Die Familienangehörigen reagierten meist sehr betroffen auf die Mitteilung über den Tod ihres Vaters beziehungsweise Ehemannes.«

»Überlegen wir doch mal, wie der Täter seine Opfer aussucht.« Dr. Goseburn wechselte die Sicht auf den Fall, in der Hoffnung, andere Informationen für die Fallanalyse zu generieren. »Rein geographisch haben sie nicht nebeneinander gelebt. Sie scheinen auch keinen sonstigen Kontakt gehabt zu haben. Alle Männer wurden dort gefunden, wo der Killer gern operiert. Im Hudson River.«

»Das Gebiet ist teilweise sehr abgeschieden. Ich war schon zu einem anderen Einsatz vor Ort. Es ging damals um einen flüchtigen Täter, der seine gesamte Familie auf dem Gewissen hatte. Wir mussten uns die nächste Umgebung ansehen«, setzte Michelle Bellamy den Gedanken ihres Kollegen fort. »Gerade in der oberen Mündung befinden sich jede Menge Stellen, die dem Täter erlauben würden, die Tat ohne Zeugen durchzuführen. Unser Killer scheint sich dort bestens auszukennen, wenn wir den Autopsieberichten folgend annehmen, dass der Hudson River der gesuchte Tatort ist ...«

»Womit haben wir es hier zu tun? Wer könnte das nächste Opfer sein, falls nicht Timotheus Miller?«, überlegte Angel laut.

Es klang wie eine Aufforderung für Josh McMelma. Zahlen waren seine Welt, die er blendend verstand. »Wenn wir die Bevölkerung von ganz New York mit einer Dichte von 10.560 Einwohnern pro Quadratmeter und einem Radius von ungefähr 5 Kilometern annehmen, dann hätten wir es mit annähernd 52.800 Menschen zu tun, die sich in der Wohlfühlzone des Täters befinden. Wenn wir noch voraussetzen, dass die Hälfte davon Männer sind, kommen wir auf etwa 26.400 potentielle Opfer«, sagte er leichthin, als wäre es die einfachste zu beantwortende Frage. »Nun wissen wir, dass der Täter ethnisch weiße Personen bevorzugt. Bei einer Quote von ungefähr 44 Prozent für New York würde das unsere Opferzahl auf 11.616 weiße Männer reduzieren.«

»Bevorzugt der Killer nicht vermögende Männer?«, fiel es Angel plötzlich ein. »Das müsste die Zahl doch drastisch eingrenzen, oder?«

»Schon. Wenn wir die für die gesamten USA allgemeine Quote von 35 Prozent reicher Amerikaner annehmen, die in Ballungszentren deutlich höher ausfallen wird, dann kommen wir auf mindestens 4.065,6 männliche, reiche Weiße, die unserem Täter zum Opfer fallen könnten. Und das nur nach einer Überschlagsrechnung. Tatsächlich dürfte die Zahl höher sein«, antwortete Josh resigniert. Immerhin war es eine recht überschaubare Zahl für eine Stadt mit 19 Millionen Einwohnern. Dennoch deutlich zu hoch, um potentielle Opfer zu warnen, ohne eine Massenpanik auszulösen.

»Nochmal zu der Idee mit der Sekte ... « Das Klingeln des Diensttelefons unterbrach Scotts Gedankengang. Widerwillig griff er zum Hörer.

»BAU-Zentrale, Special Agent Scott Goodwin.« Die restlichen Team-Mitglieder warteten angespannt, während im Gesicht ihres Vorgesetzten der eher dunkle Teint zu einer aschfahlen Variante wechselte, gefolgt von knappen Bestätigungsworten über das Gesagte.

Als das Telefonat nach etwas weniger als drei Minuten beendet war, sah Scott aus, als hätte er einen Geist erblickt. Er holte tief Luft, während er bereits in Gedanken mögliche Alternativen durchging. »Das war das NYPD. Gestern haben sie eine weitere Leiche am Ufer des Hudson River entdeckt. Die Fingerabdrücke des Leichnams konnten mit der Datenbank abgeglichen werden, und wir haben Glück im Unglück gehabt. Dem Opfer wurden in seiner kurzen Kariere als Soldat tatsächlich Fingerabdrücke abgenommen. Es handelt sich dabei um ... Timotheus Miller. Wenn die Lage wirklich so aussieht, wie sie mir soeben geschildert wurde, dann dürfte er unser gesuchtes Opfer Nummer sechs sein. Ich schlage daher vor, dass wir uns aufteilen. Angel fährt mit mir zu den Angehörigen des Mannes; Michelle und Bryan zum Fundort der Leiche. Josh bleibt am PC auf Abruf. Nicht nur die zeitlichen Abstände zwischen den Morden, sondern auch die Dauer der Gefangenschaft wurde diesmal drastisch reduziert. Diese Änderung könnte bedeuten, dass unser Täter bereits auf der Jagd nach seinem neuen Opfer ist.«

Kapitel 15

Als der kleine Adam im Haus des Angstheilers aufwachte, erschauderte er. *Am helllichten Tag? Das darf mir nie wieder passieren!*, ermahnte er sich. Wenn dieser Mann nur den Hauch einer Ahnung von seiner Existenz bekäme, würde er ihn ebenfalls verschwinden lassen. Wie die anderen vorher. *Das werde ich nicht zulassen!*, schwor er sich, als wäre sein Vagabundenleben einen Penny wert. Dass er überleben konnte, war ein kleines Wunder, das er nicht verschenken wollte.

Er horchte.

Im großen Herrenhaus war kein Geräusch zu vernehmen. Um sicherzugehen, verharrte er länger still als nötig. Es war nichts zu hören, daher entspannte er sich. Selbst die männliche Stimme, die beim letzten nächtlichen Besuch um ihr Leben gefleht hatte, war verstummt. Das bedeutete, dass er ganz alleine war. Allein und hungrig.

Gierig lief er zum Kühlschrank. Und er hatte richtig Glück. Aus dem Inhalt ließ sich ein nahrhaftes Salamibrot zaubern, das er genüsslich verspeiste. Mit einem Ohr nach verdächtigen Lauten horchend, schlich er sich aus der Küche mit der Intention, das Herrenhaus zu verlassen.

Doch dann sah er die geöffnete Bücherwand. Die Neugier des Siebenjährigen siegte über seine Vernunft, und Adam ging wie magisch angezogen hinein. Im kleinen Vorraum, der den Charakter eines Arbeitszimmers vermittelte, sah er einen dunklen Monitor neben einem PC. Leichter Zigarettenduft hing in der Luft, weshalb der Junge das Gesicht verzog. Unangenehme Erinnerungen stiegen in ihm hoch, doch er ignorierte sie. Zu spannend erschien ihm dieser Raum. Kindliche Faszination für die Bildschirme bewegte seine Hand wie von selbst zum Ein-Schalter. Er drückte rasch und zog sie sofort erschrocken zurück.

Zunächst musste er die Bilder ordnen, die er zu sehen bekam. Adam sah einen Raum auf dem Monitor. Recht winzig. Darin hingen zwei Pritschen an den Wänden. Als sein Blick zum Mülleimer wanderte, sah er jede Menge kleine Plastikfläschchen, die zwischen gebrauchten Einweghandschuhen lagen. Alles in diesem Raum machte ihm Angst. Und dennoch fühlte er sich vom Bösen magisch angezogen. *Was ist das?*, fragte er sich. *Was hat dieser Unmensch mit diesem Gefängnis vor?*

Doch ehe er eine Antwort auf diese Frage finden konnte, hörte er ein Auto am Herrenhaus vorbeifahren. Für diese verlassene Gegend war das ungewöhnlich. Er zuckte nervös zusammen. *Der Angstheiler darf mich hier nicht sehen!*

Eilig schaltete er den Monitor wieder aus, lief aus dem kleinen Arbeitsraum durch die Küchentür, dann auf die Veranda und verschwand hinter den an der Mauer des Herrenhauses angrenzenden Büschen.

Nochmal Glück gehabt!, dachte er erleichtert. Zumal sich der Wagen nur, als das Fahrzeug eines Nachbarn herausgestellt hatte. Nun war er außer Gefahr, entdeckt zu werden, und schlenderte satt und selbstzufrieden zum Ufer des nahe gelegenen Hudson River. Er wollte Ausschau nach Booten halten. Sein liebster Zeitvertreib.

Kapitel 16

Während Adam am Ufer des Hudson River einen Stein übers Wasser flitschen ließ und beobachtete, wie der flache Kiesel sieben Mal hüpfte, bevor er versank, wurden die Ermittler Angel Davis und Scott Goodwin in den Salon eines großen, im anglo-italienischen Stil gebauten Stadthauses in Chelsea gebeten.

Das steril wirkende Mobiliar war in schwarz-weißen Tönen gehalten - passend zum grau gekachelten Kamin - und hinterließ bei den Ermittlern einen äußerst modernen Eindruck.

»Hui«, zischte Scott leise durch die Zähne. »Bei der Lage so ein Haus? Da kannst du mit etwa 10 Millionen Dollar rechnen ... Ärmlich lebte unser neuestes Opfer nicht ...«

Angel nickte bestätigend. Die Villa war ein anderes Kaliber als ihre kleine Wohneinheit in der 90. Straße der Upper West Side, die sie bereits für luxuriös hielt.

»Mrs. Miller kommt gleich zu Ihnen«, ließ eine dickliche, ältere Frau verlauten. *Vermutlich die Haushälterin.* Angel nahm neben Scott auf einer sündhaft teuren, schwarzen Ledergarnitur Platz.

»Guten Tag.« Die Stimme von Grace Miller klang gebrochen, obwohl die Witwe sichtlich um Fassung rang. Lange hatte sie die Ermittler nicht auf sich warten lassen.

»Guten Tag. Wir kommen von der BAU, einer speziellen Verhaltensanalyseeinheit des FBI. Meine Kollegin ist Special Agent Angel Davis. Ich bin der Unit Chief der Einheit. Mein Name ist Scott Goodwin. Wir hätten ein paar Fragen an Sie.«

»Ich habe der Polizei bereits alles gesagt! Mein Mann ist tot, was wollen Sie noch wissen? Wieso lassen Sie mich nicht in Ruhe?« Das Entsetzen in ihrer Stimme war einem scharfen Ton der Entrüstung gewichen. »Ein junger Polizist, der hier war, hat mir doch erklärt, dass mein Ehemann Selbstmord begangen hat. Warum, weiß ich nicht. Weshalb kommt dann schon wieder die Polizei zu uns?«

Trotz der Fassungslosigkeit, in der sich die Witwe offenbar befand, war sie erstaunlich scharfsinnig.

»Wir ermitteln in verschiedene Richtungen, keinesfalls etwas Spezielles.« Scott versuchte, sie von weiteren Fragen auf einen anderen gedanklichen Pfad abzulenken. Die Theorie vom Serienkiller war lediglich eine vage Idee. Sollte tatsächlich etwas dran sein, wollten sie nicht unnötig tatrelevante Informationen herausgeben. »Ihre Aussagen haben wir schon durchgesehen. Wir wären vielmehr an Auskünften interessiert, die nicht im Protokoll stehen. Dürften wir uns umsehen?«

»Bringt mir das meinen Timotheus zurück?«, fragte Grace anklagend.

Angel tat diese schmächtige, ansonsten kaum attraktive Blondine plötzlich leid. Rein äußerlich musste sich die Sekretärin des Opfers, Madeline Abell, nicht besonders viel Mühe gegeben haben, um begehrenswerter als dessen Ehefrau zu wirken. Selbst die sündhaft teure Kleidung verlieh der Witwe nicht den weiblich frivolen Touch, den man erwartet hätte. Sie hing an ihr wie ein nasser Kartoffelsack.

»Ich weiß, Sie tun nur Ihre Pflicht. Also schauen Sie sich um. Ich werde mich zurückziehen, wenn es Ihnen nichts ausmacht.« Anscheinend hatte sich Grace Miller wieder gefangen.

Während sie, ohne eine Antwort abzuwarten, den Raum verließ, schickte Scott einen vielsagenden Blick zu seiner Partnerin. *Es stand in letzter Zeit nicht besonders gut um ihre Ehe, sonst hätte sie trotz der Trauer einen gepflegteren Eindruck gemacht,* pflichtete ihm Angel in Gedanken bei.

Das Zimmer, in dem sie sich befanden, war ansonsten sehr aufgeräumt, als würde man darin fortwährend mit hochrangigem Besuch rechnen. Auf dem Kaminsims standen erwartungsgemäß einige Familienbilder. *Ein Vorzeigeraum.*

Angel nahm die Bilder nacheinander auf und betrachtete sie, während Scott stillschweigend vom Wohnzimmer auf die Treppe wechselte, um die obere Etage in Augenschein zu nehmen.

In seinen jüngeren Jahren sah Timotheus Miller durchaus attraktiv aus, dachte sie, als ihr eine Erinnerung aus der College-Zeit in die Hand fiel. Dann die Hochzeit. *Grace Miller musste zu dieser Zeit irgendetwas an sich gehabt haben, sonst hätte ein so smarter Student sie nicht ausgewählt. Doch auf diesen Bildern ist das für mich nicht ersichtlich.* Eine Fotografie mit einem Baby, mit einem kleinen Kind, weiterhin noch eins mit einem Teenager. *Also das ist der gemeinsame Sohn!* Sie stellte die Fotos wieder zurück auf ihren ursprünglichen Platz.

Kurz entschlossen stieg sie die Treppe hoch, um das Zimmer des Jungen zu suchen. *Kinder lehnen sich in diesem Alter meist gegen die Erwachsenen auf. Sie rebellieren gegen alles, was sie im eigenen Handeln an ihre Eltern erinnert, um zu sich selbst zu finden. Es wäre interessant zu wissen, gegen was der Sohn des Opfers aufbegehrte*, überlegte sie.

Das Zimmer des Jugendlichen zu entdecken, war deutlich leichter, als sie gedacht hatte. Schräg gegenüber vom elterlichen Schlafzimmer befand sich eine weitere Tür. Darauf war ein gelbes, quadratisches Schild mit einem Hai und der Aufschrift »Der weiße Hai / Schwimmen auf eigene Gefahr« befestigt. Zweifelsohne das Zimmer eines Heranwachsenden. Angel klopfte. Als keine Antwort folgte, ging sie hinein. *Der Junge ist sicher noch in der Schule* ...

Auch in diesem für ein Kind übermäßig großen Raum war die schwarz-weiße Linie des Wohnzimmers zunächst vorhanden. Doch der Bewohner hielt sich streng daran, alle Beweise der Zugehörigkeit zu den 'spießigen' Eltern mit den für den Nachwuchs verfügbaren Mitteln zu beseitigen. Es regierte darin ein kleines Chaos, wie man es für gewöhnlich von Jungs erwartete. Sie schaute sich genauer um. Ein dunkler, unaufgeräumter Schreibtisch, ein roter Drehstuhl, ein ungemachtes Bett mit schwarz-weißer Bettwäsche.

An der Wand hingen keine Bilder oder Poster. Dennoch sah diese bemerkenswert aus, weil darauf ein Skater auf einer Halfpipe in Lebensgröße abgebildet war. Die Positionierung auf zwei angrenzenden Wänden verlieh ihm einen räumlichen Eindruck.

Deutlich interessanter fand Angel jedoch die Fensterfront, vor der ein Regal mit mehreren Terrarien stand. *Was hältst du darin, junger Mann?* Sehr neugierig ging sie hinüber.

Darin befanden sich Spinnen. Große, kleine und gemusterte Exemplare, manche schön, andere weniger ... Aber allesamt fähig, einige Menschen zum Kreischen zu bringen. Was auffiel, war, dass die Glasbehälter wesentlich minder chaotisch waren als das Zimmer des Jungen. Sie rochen auch nicht so unangenehm, wie es Angel erwartet hatte.

»Hey, ihr kleinen Gliederfüßer. Da kümmert sich aber jemand rührend um euch!«, sagte Angel leise, als könne sie die Spinnen mit höherer Lautstärke stören. Sie hatte keine große Abneigung gegen diese Tiere, solange sie nicht auf ihr herumkrochen. Im Gegenteil - eigentlich fand sie sie faszinierend.

»Ja, das macht unser Tony wirklich richtig gut. Er kümmert sich da ganz allein drum. Von Anfang an!«, hörte sie die Haushaltshilfe bewundernd hinter ihrem Rücken sagen. Angel drehte sich um.

»Ich traue mich hier nicht hinein. Darum sieht es so chaotisch aus«, sagte die fremde Frau entschuldigend. Es schien ihr peinlich zu sein, dass Angel den Raum in diesem unangenehmen Zustand sah. »Ich habe wahnsinnige Angst vor Spinnen. Was ist, wenn sie rauskrabbeln? Vielleicht sind manche davon auch giftig? Weiß ich doch nicht!«

»Das ist in der Tat bemerkenswert, dass sich ein Teenager so gut um zwanzig Terrarien gleichzeitig kümmert. Meist ist es eher so, dass sich Kinder Tiere wünschen, die die Eltern danach pflegen müssen.«

»Mrs. Miller und Spinnen? Niemals!«, sagte die Haushälterin ehrfürchtig. Das war wohl das erste Mal, dass sich Ermittler in diesem Haus blicken ließen. »Nein, weder sie noch Mr. Miller würden diese Tiere je anfassen. Sie ekeln sich beide davor. Wobei Mr. Miller in letzter Zeit so bemüht um seinen Sohn war, dass er sich zunehmend öfter herein traute, was wiederum Tony missfiel. Teenies halt ...«, sagte sie missmutig.

Aha, da wäre der rebellische Hintergrund. Wie wird man am besten die Eltern los? Mit dem, was sie anekelt ...

»Fällt Ihnen noch etwas ein? Jeder Hinweis könnte von Bedeutung sein«, hörte sie plötzlich Scott im Flur vor dem Schlafzimmer die übliche Verabschiedungsfloskel sagen.

Wenn sie sich weitere Mitarbeit erhofften, war es an der Zeit, das Haus zu verlassen, bevor sie den Bogen überspannten. Angel nahm es zum Anlass, aus dem Zimmer zu gehen und ihrem Vorgesetzten zu folgen, der mit der gereizten Hausherrin im Flur stand. *Diese Leute wollen ihre Geheimnisse wohl um jeden Preis verbergen,* schlussfolgerte sie

Bevor die Tür endgültig hinter ihnen geschlossen wurde, drehten sie sich zu der Witwe um. »Noch eine letzte Frage, wenn Sie erlauben: Hatte Ihr Ehemann vielleicht irgendwelche Drogenprobleme?«

Grace Miller sah die beiden verdutzt an, als hätte sie nicht richtig verstanden. »Drogen? Welche Drogen? Mein Mann ist ein Gesundheitsfanatiker. Was fällt Ihnen ein?«

Angel entging nicht, dass diese Frau von ihrem verstorbenen Ehemann in der Gegenwart gesprochen hatte. *Noch ein Grund, es als eher unwahrscheinlich anzunehmen, dass sie Timotheus Miller ermordet haben könnte ...*

*****

»Was denkst du?«, begann Angel auf dem Weg zum Dienstwagen.

»Hmm ... Ihre Trauer halte ich für echt. Auch wenn ihre Ehe nicht besonders gut lief, schien sie aufrichtig zu sein. Grace Miller ist am Boden zerstört. Möglich wäre es, dass sie über die Affäre des Opfers etwas wusste, weil ich im Schlafzimmer nur die Umrisse von exakt einem Kissen und einer Decke unter der Auflage gesehen habe. Wenn ein Mensch verschwindet, entfernt man nicht als Erstes sein Bettzeug. Ich denke, sie schliefen getrennt. Wie lange schon? Schwer zu sagen. Sonst aber keine Auffälligkeiten. Er war eher ein ordentlicher Mann, nach seinem Schreibtisch nach zu beurteilen. Reiche Familie.«

»Was ist los?« Sie sah, dass er mit seinen Gedanken ganz woanders war.

»Alles gut«, druckste Scott für einen Augenblick herum. Angel sah ihn so ungläubig an, dass er sich entschied, ihr die Wahrheit zu sagen. »Gestern wurde ich von oben angehalten, deine Arbeitsfähigkeit für die Akten zu bescheinigen. Das mit dem ärztlichen Wisch soll eine reine Routine sein. Sonst darf ich dich nur mit halber Kraft arbeiten lassen. Es wird verlangt, dich intern zu beschäftigen. Den Druck von der obersten Etage wollte ich nicht an dich weitergeben. Es liegt nun in deiner Hand. Wenn du erlaubst, würde ich bei Raffaella ein Attest organisieren. Dann wären wir fein raus.«

»Deine Mühe schätze ich wirklich sehr. Doch es wäre gelogen und könnte dich deinen Kopf kosten. Ich werde dir eine richtige Bescheinigung besorgen, versprochen. Spätestens nächste Woche, okay?«, schloss Angel das unangenehme Thema des vermasselten Einsatzes ab. »Lass uns noch mal zu dem Opfer zurückkehren. Hast du noch etwas bemerkt?«

»Nicht viel mehr als das, was ohnehin schon in der Akte stand. Das NYPD hat das Haus seit dem Verschwinden des Mannes auf den Kopf gestellt. Ist dir sonst irgendetwas aufgefallen?«, fragte Scott, erleichtert, wenigstens ein Problem auf so einfache Art wieder beseitigt zu haben.

»Ein für sein Alter 'normal' rebellischer Sohn, der sich seine Eltern mit Spinnentieren vom Halse hält, und eine äußerst auskunftswillige Haushälterin. Das wär's. Und Grace Miller scheint noch nicht realisiert zu haben, dass sie zur Witwe geworden ist. Keine große Ausbeute an Informationen, aber was soll's? Mehr hatte ich nicht erwartet.«

»Ich werde das Gefühl nicht los, dass wir irgendetwas übersehen. Was ist es?«, sagte Scott eher zu sich selbst als zu Angel.

»Wie steht es eigentlich um William? Konntet ihr das Problem mit dem Wechsel nach Boston klären?«, fragte Angel plötzlich. Ein heikles Thema …

»Ja, wir haben es gelöst.« Scotts Gesichtsausdruck verfinsterte sich. »Zum Ende des Jahres ziehen sie beide dort hin. Ich werde meinen Sohn jetzt höchstens jedes zweite Wochenende sehen. Will gibt mir die ganze Schuld daran, dass er umziehen muss. Hätte ich die Stelle bei der BAU gegen einen Posten mit geregelten Zeiten im Innendienst getauscht, könnte er in New York bleiben. Aber ich habe es nicht getan. Ich fürchte, ich werde meinen William verlieren, Angel.«

*****

Zu Hause nahm Angel den Hörer in die Hand, nachdem sie Oreo mit Essen und Streicheleinheiten versorgt hatte. Heute war einer dieser Tage, an denen sie sich besonders über den Feierabend freute.

»Ich bin es. Störe ich dich gerade?« Sie lächelte bei der Frage wie ein Teenager. Die Erinnerung an ihr gestriges, gemeinsames Picknick im Central Park kam in ihr hoch. Was war das für ein romantisches Date gewesen! Mittlerweile konnte sie ihre Emotionen kaum noch beherrschen. Dieser Kontrollverlust störte sie gewaltig. Doch schließlich hatte sie Scott ein psychologisches Attest versprochen. Und es war eine hervorragende Gelegenheit, Robert Latton unter einem beruflichen Vorwand wiederzusehen.

»Keineswegs. Bin noch in der Arbeit. Soll ich dich vom Festnetz zurückrufen? Der Empfang ist schlecht.« Sie bildete sich ein, ebenfalls ein Lächeln herauszuhören.

»Nicht notwendig. Ich wollte nicht lange stören. Weißt du noch, als wir gestern von meinem fehlerhaften Einsatz sprachen? Es ging um diesen Kinderhändlerring?«

»Oh, ja. Haben sie diesen Typen endlich gefangen?«, fragte Robert neugierig.

»Leider nein!«, antwortete Angel und merkte, wie flau ihr bei der Erinnerung wurde. »Ich habe ein anderes Problem. Scott Goodwin, also mein Chef, braucht unbedingt ein Attest über meine Arbeitsfähigkeit. Da ich bei dem Einsatz nicht wie erwartet reagiert habe, macht er sich Sorgen. Wie dem auch sei. Ich brauche eine

Sitzung bei einem guten Psychologen, der mein Verhalten einschätzen kann.«

»Und ich soll dafür gut genug sein? Oder soll das ein neues Date werden?« Robert senkte seine Stimme verführerisch.

»Sagen wir so: Wir machen daraus einen Job nach Dienstschluss. Einen schönen Feierabend. Ich brauche es so schnell, wie es nur geht.« *Was aus dem Kopf ist, ist aus dem Kopf!* »Wäre das ein Angebot?«, fragte Angel nicht minder kokett.

»Wenn es wirklich schnell gehen soll, hätte ich den nächsten Termin gleich morgen früh, falls es dir recht ist. Ich schiebe dich vor alle meine Vormittagstermine. Den 'schönen Feierabend' holen wir später nach. Also morgen gegen neun? Vormittags ist bei mir nicht so viel los. Außerdem kann ich nicht abwarten, dich wiederzusehen.«

Warum musste ich dich dann zuerst anrufen? »Das klingt großartig! Es wird sicherlich kein Problem sein, wenn ich erst danach zur Arbeit komme, denke ich. Ich freue mich schon. Bis morgen!«

»Ich mich auch. Bis morgen.«

Noch lange, nachdem Angel aufgelegt hatte, schaute sie grinsend auf die weiße Wand in ihrem Wohnzimmer. *Du bist so albern wie ein junges Huhn!*, ermahnte sie sich in Gedanken.

Kapitel 17

Dienstag, 24.06.2014

Pünktlich um acht Uhr dreißig bog ein Ford Focus in die Drake Avenue in New Rochelle ein, nordöstlich von Manhattan. Diesmal nahm Angel ihren Wagen, um die Distanz von fast 25 Meilen zwischen Roberts Praxis und der FBI-Zentrale schneller zu bewältigen. Im Laufe des Tages stand ihr und ihrem Chef eine Befragung bei den Angehörigen des vierten Opfers ihres aktuellen Falles, Mike Hobbs, bevor.

Noch wollte niemand vom Team - mit Ausnahme von Scott - zu hundert Prozent an einen Serienmord glauben. Und trotzdem folgten sie dem Bauchgefühl ihres Chefs auch in dieser scheinbar aussichtslosen Angelegenheit.

Nummer ... 166 ... 169. Das müsste es sein!, wisperte sie, als sie ein weißes, zweistöckiges Haus mit einem ausladenden Vorgarten sah. *Das ist es!* Ihre Aufregung stieg, als ihr das Schild »Prof. Dr. Robert Latton, Praxis für Tiefenpsychologie und Kognitive Therapie« ins Auge fiel. Sie setzte wieder etwas zurück und parkte am Straßenrand. *Was erwartet mich dort? Suche ich nur eine Ausrede, Robert zu treffen? Wird es für ihn zu offensichtlich sein? War es ein Fehler, ihn um den Termin zu bitten?*

Im Vorzimmer der Praxis stand mittig ein kompakter Tresen, vollständig in Birke. Eine durchsichtige Vase mit ausgefallenen Blumen vereinnahmte den Blick zum Empfangsbereich, sodass sie den Sekretär von Professor Latton im ersten Augenblick übersah. Es war der einzige weibliche Akzent in dem schlichten, jedoch stilvoll eingerichteten Raum.

Wie ein Hochzeitsstrauß ... Entweder macht Robert sich Mühe, seine Räume auch frauenfreundlich zu gestalten, oder es gab eine festliche Gelegenheit für die Blumen ...

»Es war zum Fünfjährigen. Fünf Jahre gibt es die Praxis schon«, beantwortete plötzlich eine männliche Stimme ihre Gedanken.

Offenbar schien jemandem ihr Blick nicht entgangen zu sein. »Guten Morgen, Sie wünschen?« Der junge Mann machte sich kaum die Mühe, von seinem Computer aufzusehen.

»Ich habe einen Termin bei Professor Latton. Mein Name ist Davis«, antwortete sie mechanisch. Bereits jetzt nervte sie die unausgesprochene Arroganz, die Stan Peacock, wie sie dem Tresenschild entnehmen konnte, anhaftete.

Daraufhin scrollte Stan am Bildschirm hoch und runter, ohne das gewünschte Ergebnis zu bekommen. Nach einer Weile griff er zum Hörer. »Professor Latton? Es tut mir leid, dass ich die Sitzung störe. Eine gewisse Mrs. Davis behauptet, dass sie einen Termin hätte. Ich finde aber nichts im System?« Kurze Sprechpause. »Ah, okay. Natürlich«, nickte er zustimmend und legte auf.

»Verzeihen Sie bitte.« Stans Stimme nahm einen geheuchelt freundlichen Ton an. »Die Sitzung stand nicht in der Liste, weil der Termin offensichtlich recht kurzfristig gemacht wurde. Bei uns überschneiden sich die Behandlungstermine niemals. Wie auch immer ... Professor Latton befindet sich noch im Gespräch und bittet um Ihre Geduld, obgleich schon der nächste, wichtige Patient wartet.«

Angel schätzte den Mann auf Mitte dreißig. Das Gesicht wirkte zwar unter dem Dreitagebart äußerst markant, doch besaß es keinen Wiedererkennungswert. Ein recht anziehender Kerl inmitten von vielen ... Natürlich nur, solange er solche Frauen wie Angel nicht ansprach. Dann verschwand sein Reiz für sie vollständig.

Die Intensität an Abneigung, die Stan der potentiellen Patientin entgegenbrachte, glich der Bewunderung, mit der er seinen Arbeitgeber bereits beim Aussprechen des Namens versah. Seine Betonung von »Professor Latton« klang sehr künstlich.

Möglicherweise ist er nur zu mir so unfreundlich? Oder er hat eine generelle Abneigung gegen Frauen?

»Wenn Sie im Wartezimmer mit der Nummer eins Platz nehmen könnten? Sie müssen verstehen, unsere Patienten legen Wert auf absolute Anonymität, daher gibt es bei uns mehrere Warteräume. Professor Latton ... «, an dieser Stelle konnte Angel bei Stans Betonung das Grinsen kaum unterdrücken,» ... kümmert sich gleich um Sie«, beendete Stan leicht irritiert über ihre Reaktion den Satz. »Für unsere Kartei bräuchte ich noch ein paar Daten. Würden Sie mir für diesen Zweck dieses Formular ausfüllen? Ich werde es dann aus dem Wartezimmer abholen«, hieß im Klartext, dass sie den Empfangsbereich schleunigst verlassen möge.

Warum nehme ich eigentlich nicht den amtlichen Weg? Eine Untersuchung bei Raffaella Bertani hätte sogar einen erheblichen Vorteil. Sollten im Nachhinein Fragen auftauchen, würde das bürokratische Verfahren dokumentieren, wie ich zu meinem Attest gekommen bin. Ist es klug, das bei Robert zu machen?, überlegte Angel auf dem Weg zum Wartezimmer.

Es war ein kleiner Raum, in dem lediglich mittig eine grafitfarbene Ledercouch hinter einem gläsernen Tisch mit unterschiedlichen Zeitungen stand. Die Wände waren in einem beruhigenden Grün gehalten und mit Bildern von Tautropfen auf Grashalmen versehen. *Eine wohltuende Oase ...*

Mit einem Stift in der Hand nahm Angel Platz. Sorgfältig arbeitete sie sich durch alle Fragen hindurch, bis sie bei der Unterschrift angelangt war, als plötzlich ihr Diensthandy klingelte. *Scott will mich höchstwahrscheinlich an den heutigen Termin erinnern.*

»Ja, Scott.« Ihre Vermutung schien sich zu bestätigen. Sie horchte geduldig.

»Vielleicht werden wir bei den Hobbs' tatsächlich erfolgreicher als bei den Millers. Denkbar wäre es, dass die Opfer doch noch etwas verbindet. Wir werden es dann sehen. Ich versuche so schnell wie möglich zu kommen, keine Sorge.« Sie sah plötzlich Stan vor sich stehen. *Er hat das Gespräch belauscht.*

Seine Gesichtszüge wurden aschfahl, was er nicht zu verstecken versuchte.

»Ich melde mich später«, warf sie Scott zu und legte auf.

»Ist alles okay?«, fragte sie, überrascht, mit dem Telefonat solch eine starke Wirkung ausgelöst zu haben.

»Ähm ... Ja ... In bester Ordnung, meine ich«, stammelte Stan. »Ähm ... Ich wollte was ... «

» ... das ausgefüllte Formular abholen?«, half ihm Angel auf die Sprünge. Plötzlich wirkte dieser Mensch nicht mehr unfreundlich, sondern eher verletzlich oder vielmehr schüchtern.

Vielleicht mag er seinen Arbeitgeber auf eine besondere Art, sodass er sich wie eine eifersüchtige Frau verhält? Immerhin hat er ihm offenbar Blumen zum Fünfjährigen geschenkt. Ungewöhnlich für einen Mann. Womöglich ist er schwul und unerfüllt verliebt. Sie erinnerte sich daran, wie respektvoll Stan zu seinem Chef war.

Womöglich bin ich eifersüchtig und verdrehe die Tatsachen? Worauf? Auf einen Mann? Ich drehe durch, oder? Höchste Zeit, damit aufzuhören!, befahl sie sich, ihre Hirngespinste zu ignorieren. Aber eines stand für sie jetzt schon fest: Große Freundschaft zwischen ihr und diesem Mann war von vornherein ausgeschlossen.

»Genau!«, antwortete Stan Peacock. »Ihr Formular wollte ich ja ... «, sagte er, immer noch um Fassung ringend.

Was hat ihn vorhin so aus dem Gleichgewicht gebracht?, überlegte Angel, als sie plötzlich Roberts Stimme hörte. Ihr Herz schlug höher.

»Ich möchte ab jetzt keinesfalls gestört werden.« Stan zuckte sichtlich zusammen, als er seinen Vorgesetzten hereinkommen sah.

»Hi, Angel!« Seine Grübchen verrieten, dass er sich über ihren Anblick aufrichtig freute. »Kommst du mit?«

Sie bestätigte mit einem leichten Nicken und folgte Robert erfreut darüber, Stan Peacock im Wartezimmer lassen zu können.

»Offiziell kann ich ein Attest über deine Arbeitsfähigkeit erst ausstellen, wenn wir annähernd so etwas wie eine Therapie zumindest ernsthaft begonnen haben«, sagte Robert Latton, als er die Tür seines Behandlungszimmers schloss. »Leider habe ich auch meine Vorschriften, an die ich mich halten muss. Was nicht bedeutet, dass wir es nicht lockerer angehen könnten.«

»Wie soll das aussehen? Wie lange wird es dauern?«, fragte sie frustriert.

»Zunächst würde ich dir etwas zum Trinken anbieten. Was möchtest du? Kaffee, Tee, Wasser, Saft? Ohne Getränke fange ich grundsätzlich keine Gespräche an«, erklärte Robert ganz freundlich.

»Ein Wasser, bitte.« Kaum hatte Angel ihren Wunsch ausgesprochen, orderte es Robert über eine Sprechanlage.

»Hey, sieh es positiv! Du wirst meine Lieblingspatientin sein. Wenn du mir eine gewisse Kontinuität deiner Besuche versprichst, sind wir schnell durch. Was sagst du dazu?« Beim Anblick seines markanten Gesichtes hüpfte Angels Herz im Dreieck. Stan brachte die Getränke.

Es hat mich voll erwischt, dachte sie konsterniert. *Verliebt zu sein, bedeutet Probleme, Kontrollverlust, Verletzbarkeit ...* Darum hielt sie in aller Regel die 'emotionale Schiene' auf Distanz, wenn sie mit Männern ins Bett ging. Oder sie befreundete sich mit ihnen und ließ die Sexualität weg.

Nur bei diesem Mann funktionierte es nicht. Er übte einen so starken körperlichen Reiz auf sie aus, dass es gleichzeitig ihre tiefer gehende unbefriedigte Zuneigung zu Scott wachrief. Kein Wunder, dass bei einem solchen Gefühlschaos ihre Gier nach seinen Armen anstieg. Sie trank ihr Glas leer. *Na toll ... Übersprunghandlung wie bei wilden Tieren. Hoffentlich sieht Robert das nicht.*

»Ich ... bin einverstanden ... würde ich sagen«, stammelte sie. *Ja, ich will dich öfter sehen, hören, riechen ... ,* sagte ihr Herz. *Glücklicherweise kann dieser Mann deine Gedanken nicht verstehen,* quittierte ihr Verstand. Plötzlich wollte sie aus diesem Raum entfliehen, um sich zu sammeln. *Was für eine idiotische Idee, genau von Robert behandelt zu werden?* Doch jetzt konnte sie nicht zurück, ohne einen kindischen Eindruck zu hinterlassen.

Als hätte der Psychologe diese Widersprüche in ihr gespürt, wechselte er in einen beruflich– sachlichen Modus.

»Lass uns die erste Sitzung beginnen, okay? Möchtest du gern liegen?« Sein Blick zeigte auf eine wuchtige Ledercouch, die mit einem unauffälligen Umhang zugedeckt war. Angel tippte auf einen leicht zu reinigenden Stoff.

»Wenn es möglich wäre, würde ich einen Sitzplatz bevorzugen«, antwortete sie fast zu schnell. Um nichts auf der Welt wollte sie sich jetzt vor diesem Mann in eine liegende Position begeben.

Robert lächelte. »Na klar, wie du wünschst«, sagte er und blieb auf dem zur Couch passenden Sessel sitzen. Angel war es recht, dass sie durch einen Tisch getrennt saßen.

Insgesamt schien der Psychologe - ähnlich wie Scott - ein Faible für auserlesenes Mobiliar zu hegen. *Es ist eine Praxis, in der sich auch eine Grace Miller wohlfühlen würde,* dachte die Ermittlerin an die vermögende Witwe, der sie gerade gestern einen Besuch abgestattet hatten. *Bei Gelegenheit sollte man ihr vielleicht die Adresse stecken. Sie wird so einiges wegen des gewaltsamen Todes ihres Ehemannes zu verarbeiten haben.*

»Nun erzähl mir von dem Einsatz«, forderte er sie mit einem Notizblock und einem Stift bewaffnet auf.

Soweit es dem Bild entsprach, das Robert von ihr haben sollte, hielt sich Angel weitgehend an die Wahrheit, was den gesamten Tag vor ihrem Zwangsurlaub betraf. Dabei beobachtete sie, wie sich ihr Therapeut mit einem ernst-nachdenklichen Gesicht Notizen machte.

Auch wenn es ein Teil ihrer Arbeit war, Informationen zu sammeln, verzichtete Angel generell auf Aufzeichnungen. Es bremste im Allgemeinen den Redefluss der Zeugen. *Einen Penny für deine Gedanken über mich, Robert,* drängte sich in ihren Kopf.

»Was fühltest du in diesem Moment, als du Eduardo allein gegenüber standest?«, fragte er plötzlich. Es war die erste Unterbrechung, seit sie mit ihrer Geschichte des missglückten Einsatzes begonnen hatte.

»Hmm«, dachte Angel kurz nach. »Ich war unendlich wütend. Nicht nur, dass das Ergebnis unserer Recherchen so gering ausfiel. Es waren die Augen dieser von Gott verlassenen Kinder, die mich bis heute in meinen Träumen verfolgen. Auch wenn es schon so weit zurückliegt, sehe ich sie weinen ... wie sie leiden mussten ... Wie sie nachts nach ihrer Mutter in die Kissen riefen, um ihre Angst vor ihren mächtigen Peinigern zu verbergen ... Um stark zu sein, bevor ER kommt und ... «, unterbrach Angel sich abrupt.

»Sprechen wir über das, was du gesehen oder geträumt hast, oder über etwas ganz anderes?«, fragte Robert so einfühlsam, wie sie ihn noch nie gehört hatte. Er schien zu spüren, dass sie am wahren Grund angekommen waren.

Angel schluckte die aufsteigenden Tränen. *Er ahnt es! Niemand sollte es je erfahren!* All ihre Beherrschung musste sie in diesem Augenblick darauf konzentrieren, vor Robert zu verbergen, wie aufgewühlt sie war.

»Nein, wir sprechen selbstverständlich von meinem misslungenen Einsatz«, sagte sie so bestimmt, dass es ihrem Therapeuten ersichtlich sein musste, dass sie an die Grenzen ihrer Mitarbeit angelangt waren.

»Ich glaube, dass es fürs Erste reicht!«, erwiderte Robert Latton leise. »Nächstes Mal können wir uns Gedanken machen, warum es dazu kam, dass du die Kontrolle verloren hast. Weißt du was? Wenn du mir versprichst, mir soweit zu vertrauen, dass du mir die ganze Geschichte erzählst, stelle ich dir sofort die Bescheinigung aus, um die du mich gebeten hast.« Robert war sicher, dass er sie ködern musste, wollte er ihr helfen.

»Ehrlich?«, fragte Angel zerstreut.

»Das war doch dein Anliegen: eine Bestätigung über deine Arbeitsfähigkeit. Die möchte ich dir geben, weil ich weiß, dass wir künftig einen wichtigen Teil deiner Ängste in den Sitzungen aufarbeiten werden. Ich vertraue dir, daher bin ich bereit, meinen Namen im Austausch gegen deine Zuversicht zu bieten. In welcher Form soll es sein?«, fragte er nach dem weiteren Vorgehen und gab ihr keine Möglichkeit, auszuweichen.

»Ein standardisierter Schrieb sollte genügen. Vielleicht würde sogar eine Bestätigung fürs Erste reichen, dass ich mich bei dir in Behandlung befinde«, entgegnete Angel unsicher.

Was wäre, wenn ich mein Versprechen bräche, das begehrte Schreiben zu Hause zerreißen und Raffaella Bertani als Therapeutin aufsuchen würde?

Würde ich Robert damit verlieren?, dachte sie unschlüssig. Denn die nächste Sitzung könnte tiefe Wunden ans Tageslicht bringen ...

Vermutlich war der Psychologe es gewohnt, dass seine Patienten nach einer Behandlungsstunde großzügiger mit ihrem Redefluss umgingen. Wenn ihm Angel zu ruhig vorkam, ließ er es jedenfalls nicht erkennen. Das geforderte Dokument stellte er auf einem winzigen PC-Schreibtisch aus, während sie im inneren Kampf ihre Kontrolle zurückgewann. Sie zwang sich zu einem Lächeln.

»Du hast einen tollen Arbeitsplatz«, sagte sie in der Smalltalk-Manier, die sie von der Arbeit her kannte.

»Vielen Dank«, antwortete er seinen Blick von ihr abwendend. »Ohne Stan wäre es das reinste Chaos. Seinem Geschmack verdanke ich die Ausstattung der Räume. Wirklich wahr. Er kümmert sich hier um alles. Sortiert die Post, macht die Akquise, Abrechnungen. Er kennt sogar sämtliche Patienten beim Namen und den Krankheitsbildern. Soweit ich weiß, wollte er selbst Therapeut werden. Im Grunde eifert er mir ein wenig nach.« Er setzte zur Unterschrift an. »So, Ihr Attest, Mrs. Davis. Ich hoffe mal, dass ich die bezaubernde Angel bald nach Feierabend treffen werde. Was sagen Sie dazu?« Der Mann grinste ganz unverschämt.

Schauen wir ... , dachte sie. »Dessen bin ich mir sicher, Professor Doctor Latton.« Spaßeshalber betonte sie seinen Namen ähnlich wie Stan Peacock. *Ob die Ironie bei Robert als solche angekommen ist?*

Als sie an dem Empfangsschalter der Praxis vorbeiging, entging es ihrer Aufmerksamkeit nicht, dass der Sekretär voll und ganz in die heutige Ausgabe der 'Times' versunken war. Scheinbar wartete ein weiterer Patient in einem Wartezimmer, denn die Türen waren verschlossen.

In der Schlagzeile von heute sah Angel die ihr bekannten Namen in Großbuchstaben abgebildet. Namen, die sie vor einer Stunde im Telefonat mit ihrem Chef im Warteraum erwähnt hatte.

Shit, irgendeiner dieser verfluchten Reporter scheint wie Scott einen Zusammenhang zwischen den Todesfällen erkannt zu haben, und nun weiß es die ganze Welt!

Es machte sie wütend, denn damit bekam der Fall eine Eigendynamik, deren Verlauf sie nicht mehr unter Kontrolle hatten.

Kapitel 18

Zum zweiten Mal an diesem Tag suchte Angel Davis - nun mit Scott Goodwin auf dem Beifahrersitz - einen geeigneten Abstellplatz für ihren Ford Focus, diesmal in einem bewachten Parkhaus in SoHo, einem der teuersten Stadtteile von Manhattan. Da der Straßenrand bereits besetzt war, entschied sie sich, die hausinterne Tiefgarage zu nutzen. Dass Scott diesmal auf den Dienstwagen verzichtet hatte, war fast ein Wunder, doch Angel war längst unterwegs gewesen.

Mercer Street, die Adresse, zu der sie fuhren, befand sich in einem dieser gepflegten Viertel, deren Immobilienpreise, die im achtstelligen Bereich lagen, die Grenzen ihrer Vorstellungskraft bei weitem überstiegen. Diese Straße war lückenlos mit sündhaft teuren, restaurierten Altbauten bestückt.

Konform mit dem Opferprofil erwartete sie bestimmt eine prunkvolle Bleibe, die lediglich von Mike Hobbs' Witwe bewohnt wurde. Zumindest versprach das der verglaste Gebäudeeingang.

»Josh überprüft gerade die Übereinstimmungen zwischen den Opfern. Bisher nur mit mäßigem Erfolg. Er fand nichts, was wir nicht schon vorher gewusst hätten. Keine uns unbekannte Verbindung ... Dass die 'Times' daraus eine Story gemacht hat, ist ein verdammter Mist! Sie hätten damit warten müssen! Dadurch bekam der Psycho genau die Aufmerksamkeit, die er vermutlich auch gesucht hat! Das gesamte NYPD und unsere Einheit sind jetzt beschäftigt, einer Vielzahl falscher Hinweise nachzugehen. Die Leitungen laufen heiß. Zum Glück ist es uns gelungen, zu verhindern, dass Angaben über das LSD durchsickern konnten. Somit können wir wenigstens einen Teil gefaketer Informationen aussortieren. Verflucht!« Scott versetzte sich selbst zum wiederholten Mal in Rage, seit Angel ihn vom Büro abgeholt hatte.

»Scott«, sie ignorierte seinen Ärger, »diese Bescheinigung, weißt du noch? Mein Therapeut kann sie nicht ausstellen, solange wir nicht mehrere Sitzungen hinter uns haben. Der heutige Termin war ihm einfach zu wenig. Das tut mir echt leid«, log sie. Vorerst musste sie in Ruhe entscheiden, wie es weitergehen sollte. Der Eindruck der Visite bei Robert Latton war nach wie vor stark. Ob sie ihn künftig wiedersehen wollte, war ihr nicht klar. Diese Beziehung erreichte deutlich zu schnell eine tiefere Ebene, die zu betreten sie noch lange nicht bereit war. Wenn sie es überhaupt eines Tages sein würde.

»Es freut mich, dass du doch den ersten Schritt getan hast. Es braucht eben die Zeit, die es braucht! Ich werde dir den Rücken nach oben frei halten, okay? Mach dir keine Sorgen. Eine andere Frage: Wärest du bereit, am Wochenende zu arbeiten?« Scott schien der Fall nicht loslassen zu wollen. »Wir müssen ein weiteres potentielles Opfer ausfindig machen, und dafür brauche ich Leute. Wäre es nicht so dringend, hätte ich dich rausgehalten. Ich will verhindern, dass Panik ausbricht, falls man eine öffentliche Warnung ausspricht. Was ist, wenn sich die Taktik unseres Mörders nach dem ganzen Presserummel ändert und er sich bedroht fühlt? Dann müssen wir vermutlich von vorne anfangen. Oder er taucht unter.« Angel parkte ihr Auto auf einem für Besucher vorgesehenen Platz in der Tiefgarage und stieg aus. Scott folgte ihr, mit jedem Schritt von Überwachungskameras verfolgt, als würde man den Anwohnern damit den höchsten Grad an Sicherheit bieten.

»Natürlich bin ich dabei, aber das weißt du ja bereits. Ich habe genug Urlaub gehabt!« Angel fiel etwas ein. »Sag mal, die Witwe von Mike Hobbs, unserem vierten Opfer, wohnt hier erst seit einem halben Jahr, oder? Gab es eigentlich in deren altem Haus auch Überwachungskameras?«

»Natürlich. Menschen, die so reich sind, schlafen nicht so leicht ein, wenn sie nicht ausreichend überwacht werden. Die Überprüfung der Überwachungsbänder ergab allerdings keine Unklarheiten. Das heißt aber nicht, dass wir sie uns nicht erneut vornehmen können, falls du magst. Immerhin hilfreicher, als in der Luft herumzustochern.«

»Warum nicht? Etwas Besseres fällt mir im Moment auch nicht ein«, antwortete Angel wenig enthusiastisch, als sie die erste der beiden Türen zum Concierge des Hauses passierten. »Die Zeitspannen zwischen unseren 'Selbstmorden' werden deutlich kürzer. Der Täter findet Gefallen an seinen Handlungen, oder?« Sie benutzte sehr bewusst das Wort 'Mord' nicht. Es fiel ihr immer noch leichter zu akzeptieren, dass es seltsame Anhäufungen von Zufällen waren, als dass sie es mit einem intelligenten Serientäter ohne erkennbares Motiv zu tun hatten.

»Ich fürchte auch, dass wir nicht mehr besonders viel Zeit haben, bis ein nächster dieser reichen Kerle verschwindet ... Wenn es nicht schon passiert ist, natürlich!«

Fast synchron zeigten die Ermittler ihre Dienstmarken, die sie in der Hand bereithielten, um sich auszuweisen. Der Concierge war sichtlich verwirrt.

Scott ratterte ihre Namen und Dienstgrade herunter. »Wir kommen vom FBI. Mrs. Hobbs erwartet uns bereits«, übernahm Angel lächelnd.

Der junge Mann griff zum Apparat und sprach mit jemandem, ohne dass sie seine Worte verstanden hätten. *Er ruft bei der Witwe an*, vermutete die Ermittlerin. Im nächsten Augenblick nickte er bestätigend, als könnte sein Gegenüber ihn sehen, und löste die Türblockade zum Aufzug mit den Worten: »13. Stockwerk - Sie werden bereits erwartet.«

Oben angekommen sahen sie eine recht junge, hübsche Frau, die ihnen die Tür öffnete.

»Mein Name ist Samantha Hobbs. Sie wollten mich sprechen?«

Mit diesen Worten ließ sie die Ermittler in einen großen, mehrfunktionalen Raum eintreten, der die Eigenschaften von einer Wohn-, Küchen- und Esslandschaft vereinte.

Wie bereits erwartet, machte das Appartement einen bleibenden Eindruck. Von den riesigen Panoramafenstern aus hatte man einen traumhaften Ausblick auf Manhattan.

Bestimmt unvorstellbar schön, wenn die Lichter in der dunklen Nacht aufleuchten. Wie eine Königin über die Stadt muss man sich dann hier vorkommen ..., dachte Angel.

Die Einrichtung verriet, dass nicht das fehlende Geld die Witwe zum Umzug aus der ehemals gemeinsamen Villa bewogen haben konnte. Überall war Luxus zu sehen. Dieses Appartement war deutlich mehr wert als das Haus in der Upper West Side, das sie mit dem Opfer vor seinem Tod bewohnt hatte.

Samantha Hobbs war ein recht junges, hübsches Ding Ende zwanzig. Auch wenn sie sich bemühte, taff zu wirken, so war das der Typ Frau, der bei Männern sofort Beschützerinstinkte weckte.

Dass ihr verstorbener Ehemann gute zwanzig Jahre älter gewesen war, verwunderte Angel daher nicht besonders. *Warum müssen die Leute die Vorurteile immerzu bestätigen?*, fragte sich die Ermittlerin und ertappte sich dabei, dass selbst sie gegen diesen Unschuldszauber, der die Witwe umgab, nicht gewappnet war.

»Ich habe es gelesen ... In der Zeitung ... Wie schrecklich!«, sagte Samantha mit Traurigkeit in ihren großen, grün schimmernden Augen. Angel konnte zwar immer noch nicht wirklich ihren Blick von dem imposanten Panorama abwenden, doch die Worte der trauernden Witwe brachten sie gedanklich in die Realität zurück.

»Wie Ihnen vielleicht aus dem Artikel bekannt ist ... «, entschloss sich die Ermittlerin zur Offensive. *Früher oder später wird sie es erfahren,* » ... verfolgen wir zurzeit eine Serie von Selbstmorden. Daher rollen wir manche der alten Fälle wieder auf und hätten noch einige Fragen an Sie. Wären Sie bereit, uns etwas über Ihren verstorbenen Mann zu erzählen? Für uns ist alles wichtig, unabhängig davon, wie unwichtig es Ihnen erscheinen mag.«

»Mike war ein wundervoller Mensch. Was kann man da sagen?« Sie senkte ihre Stimme, währenddessen sie sich an einen langen Tisch für mindestens zwanzig Personen setzte. *Soll das ein Esstisch sein?*, überlegte Angel und nahm neben ihr Platz, während Scott es bevorzugte, stehen zu bleiben. Solche Gespräche überließ er lieber seiner Kollegin, die das feinere Gespür für sensible Themen hatte.

»Ich habe ihn so geliebt wie keinen anderen Menschen zuvor«, setzte die Witwe fort. »Er war so ein guter Mann und fehlt mir so. Ich kann nach wie vor nicht begreifen, dass er tot ist.«

Kannst du wohl, sonst hättest du immer noch im Präsens von ihm gesprochen, dachte Angel gehässig und rügte sich gleich für ihre Gedanken. *Es ist nicht fair, meine Laune auf diese Frau zu übertragen. Ich muss mehr Contenance bewahren!*

»Dabei waren wir doch so glücklich zusammen. Wir wollten zu der Zeit einen schönen Urlaub machen. Danach hatten wir meine Schwangerschaft geplant. Ein gemeinsames Baby wäre unsere Erfüllung geworden und hätte Mike von seinen Gedanken abgebracht ... « Samantha hielt schluchzend inne.

»Welche Gedanken? War Ihr verstorbener Mann vielleicht depressiv?«, griff Angel auf.

»Mike? Das weiß ich nicht, ich bin doch kein Arzt. Eigentlich waren wir sehr glücklich, bevor er ... starb.« Ihre Stimme klang brüchig. »Wie schon erzählt, ein Urlaub war geplant, und er verbrachte jede freie Minute zu Hause bei mir. Damals, als wir uns kennenlernten, war es so wundervoll.«

Sie überlegte kurz. »Egal, wie unwichtig, haben Sie gesagt? Naja, Mike hatte immer diese blöden Albträume nachts. Ganz oft schrie er um Hilfe, schlug mich sogar in einer Nacht ... Als ich ihn nach der Ursache fragte, erzählte er eines Tages, dass er seiner Mutter beim Sterben zusehen musste. Sein Vater konnte damals nicht akzeptieren, dass sie ihn samt des gesamten Vermögens, das ihre Familie im Laufe der Jahre angehäuft hatte, verlassen wollte. Er bekam keinen Cent davon, weil es einen Ehevertrag gab. Ich weiß nicht, was er sich dabei gedacht hatte, eines Tages seine Ex-Ehefrau mit Cyanid zu vergiften, doch es endete damit, dass er im Gefängnis landete und Mike als Achtzehnjähriger das gesamte Vermögen erbte.«

»Das ist ja fürchterlich. Hielt Ihr verstorbener Mann diesen Vorfall für die Ursache seiner Albträume?« Angel versuchte behutsam zu sein, was ihr nicht so gelang, wie sie beabsichtigt hatte.

»Definitiv ja. Darin erschien ihm seine Mutter, die ihn um Hilfe anbettelte. Vor ihrem grausamen Tod war der Junge Zeuge von schrecklichen Kopfschmerzen mit Schwindel und Erbrechen, Krampf- und Ohnmachtsanfällen, die seine Mutter heimsuchten. Nach ihrem Tod fing er an zu trinken, landete von einer Beziehung in der anderen. Erst als er mich kennenlernte, hörten allmählich seine Albträume und Panikattacken auf. Er meinte immer, ich hätte ihn zu einem glücklicheren Menschen gemacht. Es wurde mit jeder Woche besser! Ich kann mir nicht vorstellen, warum er sich das Leben nahm ... Oder warum er solche Angst vorm Sterben hatte ... « Samantha Hobbs weinte.

Scott gab Angel mit einer Kopfbewegung zu verstehen, dass sie gehen sollten. Zumindest gab es einen kleinen Anhaltspunkt, dass sie noch einmal in der Vergangenheit von Mike Hobbs wühlen mussten. Da früher die Diagnose auf Selbstmord lautete, hatte man sicherlich versäumt, im Hintergrund der Opfer gründlicher nachzuforschen, was sie jetzt dringend nachholen würden. Angel verstand den Wink sofort und machte sich zum Aufbruch bereit.

»Mrs. Hobbs, eine kleine Frage an Sie: Hatte Ihr verstorbener Gatte Probleme mit Drogen?«

»Noch bevor wir uns kennengelernt haben, fing mein Mann eine Therapie an. Er war trockener Alkoholiker und feierte vor seinem Tod sein siebenjähriges Jubiläum. In den Jahren, in denen wir zusammen waren, kannte ich ihn als einen Hochleistungssportler, der nicht mal einen Hang zu Zigaretten hatte. Ich habe auch nie erlebt, dass er sich anders als gewohnt verhielt. Nein, ich glaube nicht, dass mein Mann ein Drogenproblem hatte«, beantwortete Samantha Hobbs die Frage.

*****

»Angel, so wie ich das sehe, werden wir tatsächlich alle Hände voll zu tun haben. Doch ich denke, wir sind auf einem guten Weg. Nachher kümmere ich mich darum, dass sich der Rest des Teams uns am Wochenende anschließt. Irgendwo ist die Antwort versteckt, ganz nah, ich fühle es ... «, sagte Scott, als sie in Angels Wagen saßen.

»Du weißt doch, dass du uneingeschränkt auf mich zählen kannst«, antwortete die Ermittlerin lächelnd. *Arbeit ist auch die beste Methode, mich gedanklich von meinem momentanen Leben abzulenken, bis ich zu einer Entscheidung fähig bin ...*

Kapitel 19

Mittwoch, 25.06.2014, Corbett Lane

Fröhlich pfeifend bereitete der Angstheiler sein 'Therapiezimmer' für den bisherigen Höhepunkt seiner Arbeit vor. Seine Schöpfung wurde endlich gewürdigt. Und sogar in der Öffentlichkeit. Sie nannten ihn Killer? *Und wenn schon! Besser ein negatives Interesse als gar keins!*, freute er sich. *Die größten Genies wurden zu Lebzeiten auch nicht anerkannt. Warum sollte ich da eine Ausnahme sein?*

Es war ein wunderschöner Abend. Die Wassertemperatur des Hudson River stieg bereits an die 24 Grad.

Der Sommer ist eine undankbare Zeit, meine Patienten ans Licht zu führen. Viel zu warm. Die Gefahr, dass sie es nicht schaffen, die Erlösung zu erleben, ist einfach zu hoch. Auch, weil Wassersportler auftauchen und die Therapie stören könnten, nörgelte er in Gedanken. *Der Winter ist da deutlich besser! Ich werde wohl nach Angel eine Pause einlegen müssen.*

Er wusste, dass seine neue Patientin soweit war. Es war nur eine Frage der Zeit, dass sie endlich in Lattons Praxis erschien. Damit würde seine Falle endgültig zuschnappen. »Die ganze Welt wird von meiner Genialität erfahren! Mein Tun wird die Arbeit des genialen Professors in den Schatten stellen! Er wird es sehen!«, brüstete er sich halblaut.

Nun wusste er, was Angels Problem war. Es stand alles in den Notizen des schwachsinnigen Latton, die er nach der Visite in die neu angelegte Kartei übertragen hatte. *Meine Patientin hat Bindungsangst - basierend auf schlimmen frühkindlichen Erfahrungen. Wunderbar. In diesem Fall ist eine gemeinsame Zelle für euch das, was du am meisten fürchtest, liebe Angel! Du kannst nicht vor ihm flüchten. Du wirst dich ihm stellen müssen! Und dann werde ich dich von deiner Angst befreien!*

Peinlich genau achtete er darauf, dass alle Überbleibsel seines letzten Patienten, Timotheus Miller, beseitigt wurden. »Ordnung ist wichtig!«, hörte er die Worte seiner toten Mutter in seinen Ohren dröhnen. Und selbst, als er sie vor fünfeinhalb Jahren in der Küche an der Stelle hatte hängen sehen, an dem sie sonst den Adventskranz aufzuhängen pflegte, war das Haus peinlich genau aufgeräumt. Zumindest so, wie ihr das die Gesundheit erlaubte. »Ordnung ist alles!«, stand ihr im Gesicht geschrieben.

Was glaubte sie eigentlich, als sie die Worte schrieb: »Tut mir leid. Zu groß ist meine Angst vor dir. Ich ließ es zu, dass dir Menschen Unrecht getan haben, dafür werden sie in der Hölle schmoren!«?

Das hätte er gerne gewusst. Nun war es zu spät.

An diesem Tag hatte er sich geschworen, eines Tages auf seine Art die Welt von Ängsten zu befreien. Und bald würde er erneut die Möglichkeit dazu erhalten.

Diese Erkenntnis erfüllte den selbst ernannten Heiler mit unbändiger Energie. Diesmal konnte er sogar Zeuge einer Therapiestunde von Robert Latton werden, wenn es so lief, wie er sich das gedacht hatte. Der Angstheiler bereitete die Kamera für die Aufzeichnung vor. Nun musste er Blut besorgen. Für diesen Fall hatte er bereits eine erstklassige Pfadfindernummer vor, die seine therapeutische Arbeit, wie er es selbst bezeichnete, etwas beschleunigen würde.

In einer verlassenen Gegend voller streunender Tiere dürfte das für ihn kein Problem werden.

Bald ist es soweit, freute er sich. *Nicht mehr lange!*

Kapitel 20

Etwa zur gleichen Zeit schaute Angel müde auf die Papierberge, die sich auf ihrem Schreibtisch angesammelt hatten. Es versprach ein weiterer ausgedehnter Arbeitstag für das Team zu werden.

Langsam half auch der Kaffee nicht mehr, die Abende wirkungsvoll in die Länge zu ziehen. Wofür? Sie waren im Dauereinsatz auf der Suche nach einem Geist.

Was ist, wenn wir uns irren? Wenn es sich doch um eine Sekte oder eine seltsame Anhäufung von Selbstmorden handelt?

Während Michelle Notizen über weitere Vernehmungen der Angehörigen der Opfer ins System übertrug, nahm Angel sich nochmal die Akten von Miller und Hobbs vor. *Was übersehe ich? Was ist das Gemeinsame an diesen Fällen?* Dass sie etwas übersah, stand für sie außer Frage.

Heute kriege ich wohl nichts mehr gebacken, fürchte ich, überlegte sie und ging in Scotts Büro, um sich abzumelden. Auch Oreo würde sich freuen, sein Frauchen einmal früher wiederzusehen. *Wenn ich mich beeile, müsste ich es bis neun Uhr schaffen*, dachte sie erschöpft. Zu groß war die Sehnsucht nach einem heißen Tee und einem schnurrenden, wohlwollenden Kater - trotz der sommerlichen Temperaturen.

Sie klopfte sanft und ging hinein. *Auch Scott ist die Anstrengung der letzten Tage anzusehen*, schoss es ihr durch den Kopf, als sie ihn an seinem Schreibtisch in die Arbeit vertieft sah.

»Scott, ich kriege nichts mehr auf die Reihe. Ich schätze, ich brauche etwas Schlaf. Bin schon den gesamten Tag an den Akten und fühle mich, als würde ich mich im Kreis drehen.«

»Wie spät haben wir es?« Er schaute auf die Uhr. »Mist, so spät? Du hast recht! Ist noch jemand da?«

»Das ganze Team bis auf Bryan, der heute einen wichtigen Termin hatte. Michelle schreibt die Berichte fertig, und Josh sucht nach Verbindungen zwischen den Informationen, die ich ihm zwischendurch zurufe. Bisher waren wir bei den uns bekannten LSD-Dealern. Die Drogenfahndung konnte uns ein paar Namen nennen, die uns leider nicht viel gebracht haben. In dieser höheren Gesellschaftsklasse gibt niemand gerne zu, Drogen zu nehmen. Wenn sie welche gekauft haben, werden wir es kaum erfahren.«

»Tust du mir einen Gefallen?«, fragte Scott, wartete aber keine Antwort ab. »Sag bitte Michelle und Josh, dass sie nach Hause gehen sollen. Wir müssen uns vorm Wochenende etwas erholen. Auch ich werde gleich meinen Schreibtisch räumen. Heute wollte ich noch bei Will anrufen. Dafür brauche ich einen freien Kopf. Wenn ich hier raus bin, will ich euch nicht mehr sehen! Hast du mich verstanden?«, fragte Scott lächelnd.

»Wird gemacht, Chef!«, entgegnete Angel feixend.

*****

Ihr Handy klingelte gerade, als Angel sich hinter das Steuer gesetzt hatte. Fröhlich bemerkte sie aus einem Augenwinkel, dass Josh ihnen noch hinterherschaute und genau darauf aufpasste, dass die Frauen in ihren Autos verschwanden und den Motor starteten. *»Ein Gentleman bleibt überall ein Gentleman. Galgenvögel sind in den einzelnen Ländern verschieden«*, fiel ihr der Spruch ein, den sie von George Bernard Shaw mal gelesen hatte. *Wo war das nur?*, fragte sie sich, während sie die Freisprechanlage betätigte.

»Hallo?«, sagte Angel fröhlich, nachdem sie die Nummer erkannt hatte.

»Wer könnte es sein? Naa ... ?« Sarahs Stimme klang ein wenig besorgt. »Ich versuche dich seit Sonntag anzurufen, um mich nach dem Typen zu erkundigen, der mit dir picknicken wollte, doch es geht keiner ran. Selbst am Handy bist du nicht zu erreichen. Manchmal frage ich mich, wozu sich die Leute diese Dinger überhaupt anschaffen.«

»Oh, meine süße Sarah.« Angel versuchte, ihre Freundin zu beruhigen.

Wo sie recht hat, hat sie recht. Ich hätte sie wenigstens anrufen können. »Sei nicht so streng mit mir. Wir sind gerade an einem wichtigen Fall. Hast du sicherlich schon in der Zeitung gesehen. Es geht um ein paar reiche Typen, die innerhalb kurzer Zeit im Hudson River ertrunken sind. Es wird vermutet, dass es sich dabei um Morde handelt. Sicher ist es aber nicht. Im Moment verbringe ich tatsächlich meine Abende hauptsächlich im Büro. Was gibt es bei dir?«

»Milo, weißt du? Der Typ vom Jazzkonzert will mit mir in den Urlaub. Wir haben bereits in einem Monat die Seychellen gebucht.« Nun war es raus.

»Hey, natürlich weiß ich noch, wer dein Milo ist!«, sagte Angel gespielt empört. »Mit dem Typen scheint es ja bestens zu funktionieren?«

»Oh ja, es ist toll. Aber unwichtig. Was ist mit deinem Picknick? Ist der, wie hieß er … ?«, überlegte Sarah.

»Robert Latton«, half Angel nach.

»Genau! Ist Robert so nett, wie seine Einladung es hoffen ließ? Naaaahaaa?« Sahra zog mit Absicht das »a« in die Länge.

»Ja, ist er. Es war schön. Aber es wird nicht klappen. Am besten vergessen wir es!« Die gestrige Begegnung in der Praxis, bei der sie alle Einzelheiten zu ihrem misslungenen Einsatz aufzählen musste, hatte bei Angel tiefere Spuren hinterlassen, die ihr wieder unangenehm bewusst geworden waren.

»Spinnst du? Warum? Er ist mega schlau, hat einen tollen Job, sieht dazu gut aus und ist nett! Was willst du noch, Angel? Ein Prinz auf weißem Schimmel kommt bei uns nicht mehr einfach so vorbei. Die gibt es nicht! Oder hast du etwa Angst, dich zu verlieben?« Sarah zog wieder das »A« vom Wort »Angst« so in die Länge, dass es dank der Beschallung im Auto im Kopf ihrer Freundin unangenehm nachklang. »Entschuldige, ich mische mich in Sachen ein, die mich nichts angehen. Gerade habe ich mit Syd gesprochen. Mein kleines Brüderchen ist dabei, einen riesigen Fehler zu machen … Eine lange Geschichte.«

»Und die will ich auch in allen Einzelheiten hören. Wollen wir uns am Freitag bei mir treffen? Sagen wir abends? Ich sollte dringend etwas Zeit zu Hause verbringen, sonst dreht der Kater durch. Der tut mir jetzt schon leid, weil ich am Samstag und Sonntag durcharbeiten muss.«

»Diesen Freitag? Passt mir ausgezeichnet! Ich sollte mir den Ärger mit Syd von der Seele reden. Dieser Junge bringt mich noch um! Und die Neuigkeiten zu deinem Typen will ich natürlich alle hören. Unfassbar, dass du so skeptisch bist.«

Angel lachte. »Das wird ein langer Abend, wie ich sehe. Bis dann.«

Kaum aufgelegt, klingelte das Mobiltelefon erneut.

»Hallo, Mutter«, sagte sie trocken. Auch diesmal erkannte sie die Nummer sofort. »Ist es in Ordnung, wenn ich dich von Zuhause aus anrufe? Bin gerade unterwegs.«

»Aber klar, mein Kind. Ich habe es schon zu Hause versucht, doch keiner ging ran. Ist alles okay bei dir?« Die Stimme ihrer Mutter klang wie immer aufrichtig besorgt.

Wie ich diese Frage hasse!, dachte Angel mit steigender Verärgerung. *Ich bin kein kleines Kind mehr. Als du diese Frage hättest stellen müssen, war dir deine Arbeit wichtiger. Jetzt ist es zu spät.* Stattdessen antwortete sie freundlich: »Alles in Ordnung, Mum. Ich sollte mich aber jetzt auf die Straße konzentrieren. Bis gleich.«

Ohne eine Antwort abzuwarten, legte sie auf. Wenn sie auf der heimischen Couch saß und Oreo streichelte, würde sie ihrer Mutter die Hälfte ihres freien Abends schenken, um sich anzuhören, wie schlecht es ihren Eltern ging. *Manches muss ich wohl über mich ergehen lassen.* Seit ihre Mutter das Wichtigste in ihrem Leben verloren hatte - ihre Arbeit, der sie sich früher mit Inbrunst gewidmet hatte, fing die Phase ihres Daseins an, in der sich die Gespräche um Themen wie Arztbesuche und das Jammern über die kleinen Widrigkeiten des Alltags drehten.

Ich gebe dir exakt eine halbe Stunde. Mehr nicht!, beschloss Angel hartnäckig.

Kapitel 21

Donnerstag, 26.06.2014

»Herrgott nochmal! Das ist die Idee!«, schrie Angel auf. *Nicht zu fassen, dass ich nicht gleich darauf gekommen bin! Ich bin so ein Idiot! Wenn das nicht das entscheidende Puzzlestück ist, dann weiß ich es auch nicht!*

Bereits seit drei Tagen saß sie über den Akten und hatte das Wesentliche übersehen. *Dabei ist es direkt vor meiner Nase!* Wie gern hätte sie jetzt jemanden vom Team in ihre Entdeckung eingeweiht, doch sie wollte Scott nicht übergehen. Während ihre Kollegen abwechselnd hinter den Bildschirmen gebeugt saßen oder in den Akten wühlten, musste ihr Vorgesetzter seinen Sohn spontan vom Flughafen abholen. *Ausgerechnet heute!*, fluchte Angel leise. *Wo die Zeit drängt!* Sie platzte schon vor Freude, wenn sie daran dachte, morgen dem Team bei der Besprechung ihre neue Idee zu präsentieren. Vielleicht war das der lang ersehnte, entscheidende Durchbruch in diesem Fall. Vorher würde sie natürlich mit Scott darüber sprechen. *Warum aber nicht mein Wissen noch verfeinern?*, fragte sie sich und nahm ihr Handy zur Hand. Hatte nicht Sarah sie gestern am Telefon dazu ermutigt, sich ihrer Beziehungsangst zu stellen? Nun schien die beste Zeit dafür gekommen.

»Die Praxis für Tiefenpsychologie und Kognitive Therapie von Professor Doctor Latton, Stan Peacock am Apparat, wie kann ich Ihnen helfen?«, hörte sie auf der anderen Seite.

»Hallo, Angel Davis hier. Könnte ich bitte Professor Latton sprechen?«, fragte sie so freundlich, wie es nur ging. Einen Grund zur Abneigung wollte sie diesem Mann nicht geben.

»Wenn Sie kurz warten?«, klang es eher genervt, was sie darin bestätigte, dass sie sich die Antipathie nicht eingebildet hatte. Zumal Stan nicht auf ihre Antwort wartete. Nach gefühlten fünf Minuten mit einer Fahrstuhlmusik am Apparat konnte sie endlich die vertraute Stimme hören.

»Ich muss mit dir reden, Robert. Es ist ganz besonders wichtig!«, unterbrach Angel seine Begrüßungsfloskel.

»Hör mal, es tut mir leid, wenn ich ... «, begann Robert von Neuem.

»Nicht über uns! Es geht um meine Arbeit. Kannst du mir etwas zum Thema Ängste sagen?« Allmählich kam selbst ihr die Art, wie sie mit Robert sprach, ein bisschen ungezogen vor. Doch ihre impulsive Ader hatte bereits das Ruder übernommen.

»Natürlich kann ich das. Ich beschäftige mich mit Verhaltenstherapie, Angel. Wenn ich mich nicht bescheiden nennen würde, hätte ich gesagt, dass du zu diesem Thema keine geeignetere Person auf dem Planeten findest.« Sie hörte Robert förmlich lächeln.

Vielleicht bin ich wirklich ein Idiot, erwogen zu haben, diesen Mann laufen zu lassen? Möglicherweise hat Sarah recht, ging es ihr durch den Kopf. *Seine Freude, mich zu hören, klingt irgendwie aufrichtig.* »Großartig. Ich brauche deine Hilfe!«

»Heute wäre es unpassend. Ich muss dringend noch etwas für eine neue Patientin tun. Mir steht vermutlich eine schlaflose Nacht bevor.«

Bei dem Wort »Patientin« verspürte Angel einen kleinen Stich. *Bist du etwa - wie Stan - auf den Prof eifersüchtig?*, fragte sie sich selbst, erstaunt über diese seltsame Reaktion.

»Hey!« Robert unterbrach ihre Gedanken. »Wie wäre es mit morgen früh? In der Praxis?« Angel hätte schwören können, dass sie auf der anderen Seite ein merkwürdiges Geräusch gehört hatte. Als hätte jemand eine Zigarette angezündet, während sie sprachen.

Nicht, dass uns Stan abhört, dachte sie. Dass er Raucher war, ließ sich nicht leugnen. Eine angebrochene Zigarettenschachtel auf dem Fenstersims im Empfangsraum war ihr damals sofort aufgefallen. Wie er das allerdings anstellte, ohne nach Rauch zu riechen, verstand sie nicht. Das Bemerken von solch kleinen Details war wohl ihre Berufskrankheit. Irgendwie ekelte sie die Vorstellung an, dass der 'schmierige' Stan sie offenbar belauscht hatte.

»Das passt doch großartig! Ich werde mich in der Arbeit einfach für später ankündigen. Ich glaube, ich bin auf einer heißen Spur!«, rutschte es ihr etwas zu euphorisch heraus. Sogar Josh richtete für einen kurzen Moment seinen Blick vom geliebten Computer auf seine Kollegin.

Zum Glück war das Büro so konzipiert, dass sie sich gut sehen, doch durch die Entfernung kaum hören konnten. Eine solche Anordnung sollte die Mitarbeiter zur Arbeit motivieren, indem man zwar nicht allein, aber weitgehend vor größeren Ablenkungen geschützt war. Josh lächelte Angel an und ging dem ernst zu nehmenden Hinweis eines anonymen Zeugen nach, einen silbernen Wagen in der Nähe des Fundortes des letzten Opfers, Timotheus Miller, gesehen zu haben. Der Mann gab sogar einen Buchstaben und zwei Zahlen an, was die Suche wenigstens etwas eingrenzte.

»Ich werde Stan sagen, er soll meine Vormittagstermine für morgen absagen«, sagte Robert währenddessen am Telefon. »Nachmittags ist die Praxis sowieso geschlossen. Wir hätten genügend Zeit zu reden. Ein freier Tag kann auch mir nicht schaden, nach so einem langen, wie er sich heute anbahnt.«

Dass dein Stan das hört, darauf kannst du Gift nehmen! Wahrscheinlich hat er das bereits notiert, dachte Angel gehässig. »Aber nur, wenn es dir nichts ausmacht. Ich freue mich schon auf dich.«

Hoffentlich hat Stan das ebenfalls gehört. Den letzten Satz hatte sie mit voller Absicht ausgesprochen. *Die Gespräche seines Chefs am Telefon zu belauschen? Unerhört, so was. Robert ist offensichtlich auch noch so gutgläubig, dass er nicht einmal mitbekommen hat, wie jemand Zigarettenrauch in die Luft blies, während ich mit ihm sprach. Bei Gelegenheit muss ich ihm das stecken.*

»Nein, es macht mir nichts aus. Denn rein zufällig freue ich mich noch mehr auf dich«, wisperte Robert Latton verführerisch, während Angels Herz einen kleinen Salto vorführen. Sie nahm sich vor, Scott sofort nach dieser Visite über ihre unglaubliche Entdeckung zu informieren.

Kapitel 22

Freitag, 27.06.2014

Als wäre es ein Déjà-vu, fand sich Angel am nächsten Morgen in der Drake Avenue in New Rochelle wieder. Sie hatte noch eine Viertelstunde Zeit, bis Robert in seiner Praxis erschien. Sogar der gleiche Parkplatz war frei.

Diesmal werde ich exzellent vorbereitet zur Team-Besprechung erscheinen. Wenn meine These stimmt, dann ist es wirklich ein Durchbruch, freute sie sich. Nicht mal einen Kaffee konnte sie runterkriegen, so aufgeregt war sie.

Gleich würde sie Informationen über Ängste erfahren ... Etwas, das sie voranbrachte. Denn genau das war der Punkt, der alle Opfer miteinander verband. Sie hatten Phobien.

Möglicherweise kennt Robert ein paar Namen von behandelnden Therapeuten ... Unser Täter behandelt sehr reiche Menschen. Davon wird es nicht viele geben. Wir müssen den Fall jetzt anders anpacken.

Gerade in dem Moment, als sie den Motor abstellte, sah sie, wie der Psychologe eiligen Schrittes seinen täglichen Arbeitsweg passierte. Er schien in Gedanken versunken zu sein. So elegant mit seinem Aktenkoffer ...

Eigentlich bin ich ein Trottel, überlegte sie. *Wenn dieser Mann nicht der Richtige ist, wer dann?* Als hätte ihr Herz eine freche Antwort parat, erschien das Bild von Scott vor ihrem geistigen Auge.

Nein, der ganz bestimmt nicht!, rügte sie sich selbst für diesen Blödsinn. *Zwei beziehungsunfähige Menschen mit derart verkorksten Lebensumständen, die die Leidenschaft zur Jagd nach Mördern verband? Das würde niemals gut gehen. Außerdem kannten sie sich bereits zu gut! Sie waren so was wie Freunde, nicht mehr.*

»Robert!«, rief Angel, um ihre verrückten Gedanken zu vertreiben.

Mit großer Freude registrierte sie, wie schnell er sich in Richtung der bekannten Stimme umdrehte und sofort spitzbübisch grinste, als er sie sah.

»Ich bin heute recht spät dran, aber meine Patientin begleitet mich bereits. So fängt der Morgen großartig an!« Er legte seine Hand um sie. Das war auch das erste Mal, dass er ihr auf diese Weise sexuelles Interesse bekundete. Bisher hatte er sich immer vor Berührungen gehütet, was ihr ungewohnt, doch nicht unangenehm erschien. So lange kannten sie sich ja noch nicht. Und Robert war einer von den Männern, die sich schwer damit taten, Nähe zuzulassen.

Für ihn ist das jetzt definitiv ein großer Schritt, dachte sie und spürte Erregung aufsteigen. Weshalb machte er sie bloß so verrückt? *Aber nichts überstürzen* ... , ermahnte sie ihr Gewissen.

»Warum parkst du eigentlich immer am Straßenrand, wenn direkt vor deiner Nase ein Parkplatz frei ist?« Angel versuchte mit Belanglosigkeiten, das Chaos von Gedanken und Emotionen in ihrem Kopf zum Stillstand zu bringen. Am liebsten hätte sie gleich mit ihren beruflichen Fragen losgelegt, doch sie musste sich zurückhalten, bis sie in der Praxis waren. Und genau das war ihr größtes Problem. Fehlende Geduld, wenn sie auf einer heißen Spur war.

Robert lachte, und seine Grübchen ließen ihn schlitzohrig erscheinen. »Ich laufe gern die paar Meter zur Arbeit. Sonst bewege ich mich kaum, und etwas Sauerstoff am frühen Morgen kann nicht schaden.« Er öffnete die Eingangstür zur Praxis und ließ sie eintreten.

»Nimmst du bitte schon mal im Besprechungszimmer Platz? Du weißt, wo es ist? Stan wollte heute später vorbeikommen, daher muss ich seine Pflichten kurz übernehmen und wenigstens die Räume durchlüften. Hier riecht es nach Zigarettenrauch. Das kann ich nicht leiden! Ich bin gleich bei dir.«

Angel folgte seiner Bitte ohne Widerrede. *Also scheint er immerhin bemerkt zu haben, dass sein Sekretär raucht. Dann wird es mir leichter fallen, ihm zu erklären, dass wir belauscht worden sind.*

Kaum zehn Minuten später saß Robert ihr gegenüber, wie schon ein paar Tage zuvor. Seltsamerweise fühlte es sich nicht mehr so bedrohlich an. Er kannte ihr Geheimnis, da war sie sicher. Und trotzdem freute er sich, sie zu sehen.

Oder stieg ihr Vertrauen nur, weil sie gewiss sein konnte, dass diesmal nicht ihre Abgründe der Grund für den Besuch waren? Denn es ging um die wahrgewordenen Monster der anderen.

»Wie kann ich dir helfen, Angel?«, fragte Robert ganz sachlich. In seiner Praxis verschwand immer die vertraute Note zwischen ihnen.

Im Behandlungsraum wurde er zum Psychologen und sie zu seiner Patientin. Angel empfand diese Distanz sogar als sehr bequem. Es half ihr ebenfalls, von ihrer Persönlichkeit Abstand zu nehmen. Es zählten nur rein berufliche Fragen.

»Was kannst du mir über Ängste sagen? Ich will den Mechanismus verstehen«, fragte sie unverblümt.

»Falls ich dich langweile, unterbrichst du mich, okay?« Robert schien schon ähnliche Erfahrungen gemacht zu haben. Angel nickte. »Wenn ich mich nicht täusche, wird rein statistisch jeder Zehnte von Ängsten im Alltag stark eingeschränkt. Sie betreffen beispielsweise Dinge, Örtlichkeiten ... Das wären solche vor Tieren, Höhe und dergleichen. Es gibt aber auch Phobien, die aus zwischenmenschlichen beziehungsweise sozialen Aspekten entstanden sind. Beziehungsängste oder Angst vor dem Alleinsein, vor Ablehnung ... Die absolute Königsdisziplin auf meinem Gebiet ist die Angst vor der Angst selbst, die mit Panikstörungen verbunden ist. Dabei wären Angstgefühle zunächst völlig gesund. Sie sollen uns vor Gefahren warnen und in die Bereitschaft zur Flucht oder zum Angriff versetzen.«

»Wie entstehen Ängste?« Ein kleiner Teil von Angels Erkundigung hatte einen erstaunlich persönlichen Charakter.

»Eine gute Frage«, sagte Robert und stand auf. »Möchtest du etwas trinken? Kaffee, Tee oder Wasser? Wie ich sehe, hat Stan seine Aufgaben gestern schon erledigt und uns eine Karaffe mit Wasser vorbereitet. Die anderen müsste ich erst aufbrühen ... «

»Wasser reicht mir«, antwortete die Ermittlerin ungeduldig. Für Kaffee hatte sie noch im Büro genug Zeit, wenn sie dem Team die Informationen weitergab.

Robert goss die Flüssigkeit in zwei Gläser und setzte sich ihr gegenüber. Angel fragte sich allmählich, wer all seine Patienten waren, die die stilvolle Ledercouch in Anspruch nahmen, während er ihnen vom Sessel aus zuhörte.

»Wie entstehen Ängste, um zu deiner Frage zu kommen?« Robert unterbrach ihre Gedanken.

»Also, die Fähigkeit, Angst zu empfinden, ist archaisch und uns angeboren. Einen Großteil derjenigen Ängste, die wir bis zum Erwachsenenalter entwickeln, haben wir im Laufe des Lebens erlernt. Wenn wir ein traumatisches Erlebnis erleiden, beispielsweise eine in der Öffentlichkeit auftretende Übelkeit, kann unser Gehirn das fälschlicherweise als 'gefährlich' abspeichern. Ab sofort rechnen wir mit der Wiederholung der schlimmen Erfahrung, und die bloße Vorstellung davon wird ein mulmiges Bauchgefühl hervorrufen. Wir werden uns künftig vor einer erneuten Konfrontation mit diesem sogenannten 'Schlüsselreiz' fürchten. Die Konsequenz daraus wird vermeidendes Verhalten sein, was diese Angst zusätzlich verstärkt.«

Robert senkte die Stimme und fuhr fort: »Man muss aber eine traumatische Lage nicht unbedingt selbst erlebt haben. Ähnliche Effekte können schon eintreten, wenn uns zum Beispiel überbehütende Eltern nur signalisieren, eine bestimmte Situation sei gefährlich. Dabei ist sie es in Wirklichkeit gar nicht. Angst vor Tieren wie Spinnen kann auf solche Weise an ein Kind weitergegeben werden. Ängste entstehen auch, falls der Betroffene über längere Zeit in starker Anspannung gelebt hat. Wenn beispielsweise ein Partner oder ein Elternteil an einer chronischen Krankheit litt. Das kann zu Thanatophobie, also Todesfurcht ohne einen realen Auslöser, führen. In wirklich seltenen Fällen können auch körperliche Ursachen angstauslösend wirken, wie Schilddrüsenüberfunktion oder eine Störung im Kaliumhaushalt.«

Timotheus Miller litt unter Angst vor Spinnen, darum hielt es sein Sohn für geeignet, seine Eltern vom Kinderzimmer wegzuhalten. Der Vater hatte also Arachnophobie.

Mike Hobbs hatte erlebt, wie seine Mutter vergiftet wurde. Für ein Kind sicherlich ein äußerst traumatisches Erlebnis. Er hatte Albträume und vielleicht sogar Ängste, selbst zu sterben.

Und bei beiden besserte sich ihr Zustand angeblich zunehmend. Angel nahm vor unbändiger Aufregung einen großen Schluck aus ihrem Glas.

»Bessert sich eine Phobie von allein?«, fragte sie aufgewühlt.

»Nun, zu mir kommen meist die Patienten, die es eben nicht von allein überwinden können, und deren Ängste sie merklich im Alltag behindern. Sie versuchen, die beängstigenden Situationen zu meiden, so gut es nur geht. Sie gehen nicht ohne Begleitung hinaus, nehmen Medikamente, haben immer irgendwelche Notlösungen im Haus. Können sie der Situation nicht entfliehen, greifen sie zu Alkohol, Beruhigungsmitteln oder gar Drogen, um den Zustand für sich erträglich zu machen. Andere versuchen, sich mit Musik und Ähnlichem abzulenken. Das Problem bei diesen Herangehensweisen ist, dass sie nicht an den Ursachen der Angst ansetzen, sondern sie zusätzlich verfestigen. Damit werden die Patienten aber auch resistenter gegenüber Veränderungen ihres Verhaltens. Sie werden schwerer zu therapieren. Meine Aufgabe ist es, der Ursache der Angst auf den Grund zu gehen. In meiner Konfrontationstherapie wird der Patient Stück für Stück einer zu behandelnden Situation ausgesetzt, um mit ihr zukünftig halbwegs angstfrei umzugehen. Wenn du es so nennen willst, trainiere ich die Ängste quasi weg, ohne das Angstgedächtnis löschen zu können. Das ist mein Job.« Robert Latton gähnte.

»Wie kann ich es mir vorstellen, wenn ich zum Beispiel an Spinnenangst denke? Wie sieht deine Therapie aus?«, fragte Angel neugierig.

»Wenn ich so einen Patienten mit Arachnophobie habe, lasse ich mir von Stan eine oder mehrere Spinnen besorgen. Er kümmert sich um meine Stimuli, wie ich die Tierchen gern nenne. Dann veranlasse ich meinen Patienten behutsam, sich dem Tier zu nähern. Manche Therapien sind sehr langwierig, und es dauert Jahre, bis ein solcher Patient beispielsweise eine Spinne auf seinem Körper krabbeln lässt. Aber es ist möglich, dass er mit dieser Angst vernünftig umzugehen lernt. Wie lange das anhält, ist unterschiedlich und von der Verfestigung des Angstgefühls, der Persönlichkeit und Motivation des Patienten und ähnlichen Parametern abhängig. Bei dem einen wird es schneller sein, bei dem anderen verzögert es sich.«

Bei unseren Opfern haben die Ehefrauen auch eine Besserung beobachtet. War sie spontan, oder besuchten sie heimlich einen Therapeuten? Weil sie nicht zugeben wollten, dass sie von Ängsten umgeben waren? Wir müssen die Suche auf psychologisch versierte Therapeuten konzentrieren ... Angel war ganz in ihrem Element. *Das ist der Punkt, den wir immer übersehen haben. Der aber stets genau vor unserer Nase war. Wie eine leuchtende Reklame, und wir waren blind dafür!* Sie registrierte, wie trocken ihre Kehle war, und trank ihr Glas vor Aufregung leer.

»Irgendwie werde ich heute furchtbar müde!«, stellte Robert plötzlich fest und gähnte ausgiebig. Sie tat es ihm gleich.

»Weißt du, was man sagt?«, fragte er lächelnd. »Wenn wir ein Gähnen in der Gesellschaft entgegnen, dann finden wir den Gähnenden sympathisch. Man hat das im Affenreich auch beobachtet. Das schmeichelt mir jetzt!« Er gähnte erneut. »Meine Vorbereitungen gestern waren offenbar länger, als ich erwartet hatte ... Bin sehr spät ins Bett gekommen. Akten aufzuarbeiten, kann so langwierig sein.«

»Vielleicht ist einfach die Luft stickig nach der ganzen Nacht. Ich werde ebenfalls irgendwie schlaff. Komisch ... «, stellte Angel fest. »Könntest du ein Fenster aufmachen?«

»Kein Problem. Ich lasse nachher Stan hier etwas länger lüften. Das kann nicht sein, dass mir am Montag meine Patienten auf der Couch einschlafen. Er qualmt mir die Bude voll, obwohl ich ihn gebeten habe, es zu unterlassen.« Robert Latton blinzelte seltsam.

»Wo waren wir stehengeblieben?«

»Ähm, keine Ahnung.« Angel fiel es zusehends schwieriger, ihre Gedanken auf ein Thema zu konzentrieren. »Sag mal«, eine Frage kam ihr in den Sinn »warum haben Manager und erfolgreiche Menschen eigentlich Angst? Und weshalb beichten sie ihre Phobien nicht ihren Nächsten?«

»Angst ist die dunkle Zwillingsschwester der Macht«, antwortete Robert müde. »Der wirtschaftliche Druck nimmt in den Top-Positionen zu. Wer oben ist, hat viel zu verlieren. Je höher der Mensch steigt, desto geringer ist der Austausch mit seiner Umwelt. Alles wird komplizierter. Nicht selten versteht dich dann nicht mal dein eigener Partner. Das Individuum vereinsamt und muss seine Angst in sich hineinfressen. Irgendwann werden die Phobien zum Tabuthema. Rein nach dem Spruch: 'Ein Indianer kennt keinen Schmerz' koppeln sich die furchtlosen Manager im Inneren von ihrer Gefühlswelt ab und überlassen diesen Teil ihren emotionalen Frauen.« Roberts Augenlider flatterten plötzlich stark. »Also solche Fälle ... « Seine Stimme verstummte abrupt.

Dass sich in dem Wasser, mit dem die Gläser gefüllt waren, sogenannte K.O.-Tropfen befanden, gehörte zu dem perfiden Plan des Angstheilers, der genau in diesem Augenblick den Raum betrat. Angel schloss ihre Augen ...

Kapitel 23

Samstag, 28.06.2014

Zum gefühlt zehnten Mal las Scott den Bericht zur »Operation: Lost«, der ihm direkt aus Kalifornien von der dort zuständigen LAPD-S.W.A.T-Spezialeinheit netterweise zugeschickt worden war.

Doch unabhängig davon, wie stark er sich bemühte, blieben die gelesenen Worte nicht in seinem Kopf hängen. Zu sehr beschäftigten ihn die Gedanken an seinen Sohn William, der in einem großen Streit ganz offen ihm die Schuld an seinem unfreiwilligen Umzug nach Boston gegeben hatte.

Die Tatsache, dass er seinen Vater an dem geplanten gemeinsamen Wochenende für nicht mal eine Stunde am Stück zu Gesicht bekommen würde, schien ihm dabei unwichtig zu sein. Das war sie aber nicht für Scott.

Für den BAU-Chef, eine Traumposition, die er sich hart erkämpft hatte, gab es keine Alternative, seinen Lebensunterhalt zu verdienen. Andererseits liebte er seinen pubertierenden Jungen zu sehr, als dass er zulassen konnte, dass Will sein Potential an seine Freunde in New York verschwendete. Das aber wäre der Fall, wenn Scott ihn bei sich behalten würde.

Zweifelsohne hätte sein Kind bei diesen vorlauten, Joints rauchenden Jugendlichen deutlich stärkeren Halt bekommen. Denn auf der anderen Seite hatte er einen immer abwesenden Vater. Dagegen hatte er in Boston eine sorgende Mutter, die ihm jederzeit Sicherheit gab. Er würde eine Chance erhalten, sein Leben neu aufzubauen. Wenn man es frei von Egoismus sah, dann war dieser Umzug der einzige Weg, den Scott ihm zu 'schenken' fähig war. Auch auf die Gefahr hin, dass sich sein Sohn von ihm verraten und ungeliebt fühlte.

Scott fragte sich, wie es funktionierte, dass er die Leitung über ein Team von vier hochrangigen Supervisory Special Agents oder im

Notfall sogar einer S.W.A.T–Einheit übernehmen konnte, aber bei seinem eigenen Fleisch und Blut kläglich versagte.

»... führte zu einer Verhaftung ...«, las er vom Bildschirm ab.

Namen fielen.

Es war eine lange Reihe von Namen. Wahrscheinlich ein weiterer Teil des groß angelegten Kinderhändlerringes, den sie nun in Kalifornien hochgehen ließen.

Mittlerweile zählten die Verhaftungen im Zusammenhang mit der »Operation: Lost« zu den risikoreichen Festnahmen, weil sie an der Wurzel des Übels angedockt waren. Und solche verlangten nach der Spezialeinheit.

Doch den wichtigsten Namen konnte er in der Liste der Verhafteten nicht finden. Es fehlte mal wieder Dean Connor, genannt 'Sugar Daddy', der derzeit bekannteste Kopf der widerwärtigen Organisation.

»Es wird vermutlich nicht lange dauern, bis du dich ins Ausland absetzt«, sprach er zu sich selbst, denn sein Büro war sonst leer. »Dann werden wir es deutlich schwerer haben, dich zu erwischen. Aber ich habe deine Witterung aufgenommen. Ich werde dich noch kriegen!«

Es ist an der Zeit, es Angel zu erzählen. Soll sie wissen, dass dieses miese Schwein auch dem LAPD durch die Lappen gegangen ist. Schwacher Trost, doch wir sind nicht die Einzigen, die ihn haben laufen lassen, dachte Scott, während er seinen Arbeitsraum verließ.

Sein gesamtes Team befand sich eine Etage tiefer. Das Gemeinschaftsbüro war ein offener, großzügiger und über zwei Stockwerke ausgelegter Raum, zu dem Scott einen direkten Blickkontakt hatte, sobald er die Tür zu seinem schloss und sich über eine Balustrade beugte.

Die Einzelbüros der obersten Leitung waren nur durch eine frei stehende Treppe erreichbar. Absolute Transparenz war das Motto des Architekten gewesen, denn die Weisungsbefugten konnten ihre arbeitenden 'Schäfchen' beaufsichtigen, sobald sie ihre Einzeloasen verlassen hatten.

Umgekehrt sahen auch die Supervisory Special Agents sofort, wenn einer aus ihrer Mitte zur Chef-Etage gerufen wurde, was einen besonderen, nicht immer erfreulichen Anlass hatte.

Scott brauchte nicht lange, um festzustellen, dass Angels Platz nicht besetzt war. Er schaute auf seine Armbanduhr. Es war bereits zehn Uhr am Vormittag. Es wäre das erste Mal, dass sie so spät zur Arbeit kommen würde, wenn sie versprochen hatte, am Wochenende durchzuarbeiten.

Andererseits hat sie in letzter Zeit einige Überstunden geleistet. Oder vielleicht ist sie krank geworden? Ich werde mich nach der Mittagspause bei ihr melden, nahm er sich stirnrunzelnd vor. Ohne von seinem in die Arbeit vertieften Team registriert zu werden, ging Scott zurück zu seinem Arbeitsplatz.

Noch ehe er sich erneut dem Bericht widmen konnte, erreichte ihn ein Telefonat vom Empfangsbereich des FBI.

»Eine Frau steht vor mir, Sir. Sie sagt, sie wisse, dass Sie diesen Samstag im Büro sein würden. Angeblich kennen Sie diese Dame. Sie heißt Sarah Payne und will dringend mit Ihnen sprechen.«

Sarah Payne, ... , Sarah Payne ... Der Name kam ihm so bekannt vor. Er überlegte. *Natürlich, die beste Freundin von Angel! Was sie hier will?* Eine dunkle Vorahnung seine Kollegin betreffend überkam ihn.

»Lassen Sie sie herein«, ordnete er an. Noch ehe Sarah in den Fahrstuhl steigen konnte, spähte er erneut auf Angels Arbeitsplatz. Leer.

Beunruhigt wartete er auf den Besuch.

»Wir kennen uns bereits«, sagte die Frau ohne Umschweife, als sie das Büro betrat. Sie klang besorgt.

»Ich glaube, von einer Silvesterfeier vor ein paar Jahren, könnte das sein? Sie waren hier mit Angel. Aber bitte, nehmen Sie Platz«, bat Scott.

»Ja, genau. Egal. Ihr ist etwas zugestoßen!«, platzte es aus Sarah heraus.

»Wie meinen Sie das? Woher wissen Sie ... ?« Ihm wurde übel.

»Also, wir waren gestern Abend verabredet. Wir wollten es uns gemütlich machen, ich hatte Wein dabei ... So ein Mädchenabend halt.« Sarah sah den verdutzten Gesichtsausdruck ihres Gegenübers.

Vermutlich kennt er Mädchenabende nicht, schoss es ihr zur gleichen Zeit durch den Kopf, als ihre Zunge bereits weiterplapperte.

»Sie wollte also gestern Abend zu Hause sein. Vorsichtshalber nahm ich ihre Hausschlüssel mit, die sie mir für Notfälle gelassen hatte. Falls sie gerade einkaufen sein sollte oder so ... Doch als ich kam, war die Wohnung leer. Dabei habe ich mir noch gar nichts gedacht ... Ich öffnete den Wein und wartete.«

Scott hasste es, wenn die Menschen eine dramatische Pause in ihre Erzählungen einbauten, um die Spannung des Gesagten zu steigern. Er war beunruhigt genug.

»Vielleicht war sie einkaufen?«, fragte er.

»Bis 23 Uhr? Nicht Angel. Zumindest solange bin ich dort geblieben. Und als ich heute früh erneut vorbeigekommen bin, um ihr den Kopf zu waschen, war der Kater ständig am Maunzen, dass er Hunger hätte. Die Wohnung sah nicht anders aus als gestern ... Nun bin ich überall hin ... Selbst ihr Bett war unberührt. Angel hätte mich nie versetzt! Sie kennen sie, oder? Wenn ich damit zum NYPD gehe, dann werden sie mir sicher sagen, dass erwachsene Menschen erst nach 24 Stunden als vermisst gemeldet werden können. Daher dachte ich, dass ich mich an Sie wende.«

»Angel war heute auch nicht im Büro, obwohl sie es mir versprochen hatte«, sagte Scott nachdenklich. »Wissen Sie, wo sie sein könnte?«

»Möglicherweise bei ihren Eltern, was ich nicht annehme ... Freitags ging sie gern schwimmen, vielleicht dort?«, überlegte Sarah kurz. »Wobei ich auch das nicht glaube. Wie gesagt, sie hat mich noch nie versetzt! Und wir kennen uns schon seit Ewigkeiten.«

Okay, sie hat also ebenso keine Ahnung ... »Würde es Ihnen etwas ausmachen, wenn ich den Schlüssel mitnehme? Ich könnte mich in ihrer Wohnung umsehen.«

Es gibt einen einzigen Menschen, bei dem ich das bedenkenlos tun würde, weil Angie ihm am Herzen lag. Und schließlich ist es eine Zwangslage, überlegte Sarah und übergab Scott den Notfallanker ihrer Freundin.

»Bei ihr zu Hause fehlte gar nichts ... Wenn sich Angel plötzlich und unerwartet dazu entschlossen haben sollte, einen Kurzurlaub zu machen, dann war das so spontan, dass sie nicht einmal einen Pfleger für ihre Katze beauftragt hatte, so ausgehungert, wie das Tier heute klang. Ich halte einen Blitzschlag am heiligsten Tag für wahrscheinlicher, muss ich dazu sagen, als dass sich Angie einfach so eine Auszeit nimmt. Können Sie mich anrufen, falls Angel doch auftaucht? Ich mache mir große Sorgen.«

»Selbstverständlich«, entgegnete Scott. Seine Gedanken rasten. Bevor er Sarah zum Ausgang begleitete, notierte er eilig ihre Telefonnummer.

So richtig spürte er, wie ihn die Panik ergriff, als sich die Türen des Fahrstuhls schlossen. Für Angel gab es keinen Grund, ihre Versprechen zu brechen. Sie war der zuverlässigste Mensch, den er kannte. Wenn sie weder bei ihrer Freundin noch in der Arbeit erschienen war, obwohl sie es anders verabredet hatten, MUSSTE ihr etwas passiert sein.

Er legte einen Schritt zu, als er zu seinem Team ging. »Hat jemand von euch irgendetwas von Angel gehört?«, fragte er gerade laut genug, dass ihn alle hören konnten. Ratloses Kopfschütteln.

»Genau genommen sah ich sie das letzte Mal am Donnerstag im Büro. Als sie am Freitag nicht erschien, dachte ich, es wäre so mit dir verabredet. Ihr wart die Tage oft dienstlich unterwegs.« Josh versuchte, seine Selbstvorwürfe in einer Tirade aus Rechtfertigungen zu ersticken, aber es gelang ihm nicht. »Donnerstagabend schien sie gut gelaunt zu sein. Sie lachte sogar am Telefon. Doch worüber sie sprach, habe ich leider nicht mitbekommen ... Sie telefonierte mit ihrem Handy.«

»Josh, du versuchst, Angels Auto ausfindig zu machen. Vielleicht ist sie damit gefahren! Ich fahre zu ihr nach Hause. Die anderen setzen die gewohnte Arbeit fort. Die sollte darunter nicht leiden.«

Kapitel 24

Angel starrte darauf, wie sich Roberts Brust rhythmisch auf und ab bewegte. Er schien sehr tief zu schlafen. *Wie lange sind wir hier schon gefangen?* Ohne den Kontakt zur Außenwelt kam es ihr wie eine Woche vor.

Die Zeit schien endlos zu sein. Wenig Schlaf, ein quälendes Durstgefühl und diese Ungewissheit, wo sie sich befanden, brachten sie langsam an die Grenzen der Erschöpfung. Robert befand sich offensichtlich in einer insgesamt etwas besseren Verfassung, was zweifelsohne gut für sie war.

Wie lange sind wir wirklich in diesem Panikraum gefangen? Bruchstückhaft konnte sie sich an die Vernehmungen der letzten Zeit erinnern ... An die ausgedehnten Tage im Büro ... Daran, dass sie am Mittwoch mit ihrer nörgelnden Mutter gesprochen hatte. Die Erinnerungen verwischten sich mittlerweile miteinander. Die Stimme ihrer Mutter, Sarahs Lächeln, Scotts Gesicht ...

Ich muss dringend etwas trinken, langsam dehydriere ich, dachte Angel und schaute auf den freistehenden Tisch, auf dem die Wasserflaschen und die Cracker standen. *Aber wer weiß, was drin ist? Vielleicht will man uns vergiften? Andererseits, wenn es so weiter geht, werde ich verdursten ... Was soll uns beide verbinden?,* überlegte sie zum hundertsten Mal.

Irgendwann mussten sie diesem irren Pfadfinder, der sie in einer Blechbüchse aus Beton hielt, die erwünschte Antwort liefern. Vermutlich würden sie ihn dann zu Gesicht bekommen?

Ich war doch mit Sarah am Freitag verabredet, ging es ihr durch den Kopf. *Wir haben uns nicht getroffen. Vielleicht ist heute Freitag? Ungefähr drei Tage kann ein Mensch ohne Wasser überleben. Im Sommer auch weniger. Unter der Voraussetzung würde das Wochenende reichen. Aber selbst dann, was bringt es mir, dass ich den Durchblick habe? Ich weiß doch nicht mal, warum ich in diesem Raum bin ... Wie könnte mir jemand helfen, wenn ich nicht mal diese essenzielle Frage beantworten kann?*

Angel nahm sich vor, die Ursache ihrer Geiselnahme noch intensiver mit Robert anzugehen. *Falls »unsere Geständnisse« von diesem verdammten Pfadfinder ins Internet geladen werden sollten, dann haben wir größere Chancen, gefunden zu werden. Mit der Löschung kann ich später Josh beauftragen.*

Wie lange wollte sie dieser Unmensch noch in diesem Raum behalten, in dem das gesamte Mobiliar aus zwei Liegen, einem Tisch und einer Toilettenschüssel aus Metall bestand?

Ich bin einer ungewissen Anzahl von mir fremden Menschen ausgesetzt, die selbst meinen Toilettengang live miterleben dürfen. Wie viele schauen uns zu?

Die Kamera verfolgte unermüdlich jede noch so kleine ihrer Bewegungen. Derjenige, der sie angebracht hatte, verstand sein Werk sehr gut. Hinter einer dicken Glasscheibe und ohne Werkzeuge konnten sie sie kaum zerstören. Und selbst wenn ... Wer wusste, wie viele es davon noch in diesem Raum gab?

Angel wurde plötzlich schwarz vor Augen.

Kreislaufprobleme. Wieder.

Sie legte sich für einen Moment hin. Ihr gesamter Körper fühlte sich sehr matt an. Kindheitsbilder huschten vor ihrem geistigen Auge vorbei ... *Du sollst Wache halten! Bloß nicht einschlafen! Du bist bald mit dem Schlafen dran ... Wenn wir beide nicht ansprechbar sind, sind wir geliefert ...* In diesem Augenblick übermannte sie die Müdigkeit ...

*****

Der Angstheiler beobachtete, wie Angel ihre Augen schloss. *Sie kämpft wahnsinnig gut, doch jeder Mensch kommt irgendwann an seine Grenzen,* freute er sich bereits siegessicher.

Sie war die Erste, die bisher ohne zu trinken so lange durchgehalten hatte. Nun hatte er sie soweit! *Es wird Zeit für deine Therapie, Angel!*

Vorher würde er sich seiner körperlichen Kondition widmen. Die Phase ab jetzt war so kostbar, dass er eigentlich alles mitbekommen wollte. Doch er wusste, dass er sich dringend eine kalorienreiche Stärkung genehmigen sollte. Bei seiner Arbeit konnte er nicht sicher sein, ob er vielleicht Kraft anwenden musste. Auch wenn das bisher nicht der Fall gewesen war, denkbar war alles.

Der Angstheiler beobachtete mit Hochgenuss, wie Angel in die REM-Phase ihres Schlafes wechselte, in der ihr Gehirn sie von Außenreizen abkoppeln würde. Sie bekam nichts mehr mit. Nun hatte er mindestens zehn Minuten Zeit, bevor die Therapie endlich beginnen konnte.

*****

Durch ihren eigenen Schrei wachte Angel plötzlich auf. *Ich muss eingenickt sein ...*

Sie fieberte. Ihre Zunge fühlte sich so trocken an wie Schleifpapier. Sie fragte sich, ob sie sich irrte oder ob sie tatsächlich einen leichten Zigarettengeruch wahrnahm. Vielleicht spielte ihr bereits dehydrierter Körper einen seltsamen Streich. Halluzinationen dieser Art bekam sie mittlerweile immer wieder.

Es ging ihr zunehmend schlechter.

Plötzlich spürte sie eine Hand auf ihrem Arm. »Du trinkst das jetzt, verdammt!«, befahl Robert und führte eine der beiden Wasserflaschen an ihren Mund. Er setzte sich stützend neben sie auf die Liege.

Angel wollte gegen die Flüssigkeit protestieren, doch ihr Körper verweigerte sich dagegen. Gierig trank sie die Flasche leer.

Plötzlich wirkte Robert so bestimmend, so männlich, wie sie ihn bislang nie erlebt hatte ... Seine Augen bekamen einen eiskalten Glanz.

Wie sich manche Leute in Extremsituationen doch verändern können? Angel fragte sich, ob sie mit der neu entdeckten Eigenschaft leben konnte. Auch wenn ihr Robert immer noch anziehend erschien, so mochte sie eher seine weiche, zuvorkommende Seite.

»Was ist mit dir?«, erkundigte sie sich nach einer Weile, als sich das Wasser in ihrem Körper spürbar ausbreitete und ihr einen Funken Hoffnung zum Überleben gab. Doch es war nur etwas besser als ein Tropfen auf den heißen Stein.

»Um mich steht es bei weitem nicht so schlecht, wie um dich«. Diesmal klang seine Stimme liebevoller, aber nicht so zärtlich, wie sie es gewohnt war. »Ich schaffe es, mit wenig auszukommen«. Von ihnen beiden schien sie diejenige zu sein, die das Wasser dringender nötig hatte.

»Danke dafür«, entgegnete sie. »Ich fürchte, wir müssen nun in die Vergangenheit schauen. *'Was euch beide verbindet, möge euch den Weg zeigen, wenn ihr's nicht findet, wird sich euer Leben dem Ende zuneigen.'* Was verbindet uns denn? Wenn es nicht die Gegenwart oder die Zukunft ist, wie wir bereits festgestellt haben, könnte es nur unsere Vita sein?«

»Diese Variante hatten wir noch nicht ... «, überlegte Robert.

Schweigen.

Doch die Zeit war knapp.

Also begann Angel ihr 'Geständnis'.

»Ich war vielleicht vier, als meine Eltern gezwungen waren, von Virginia nach New York umzuziehen. Mein Vater bekam eine sehr lukrative Stelle, die unsere Familie zu vermögenden Großstädtern machte. NYC war ohnehin ihr Traum gewesen.« Sie stoppte kurz.

Warum erzähle ich ihm das bloß? Welche Garantie gibt es, dass wir ein gleiches oder ähnliches Schicksal teilen?

Angel fand keine Antwort darauf, doch das wieder aufsteigende Verlangen nach Wasser und eine tiefe Dankbarkeit für die Selbstlosigkeit dieses Mannes, als er ihr die Hälfte ihrer Gesamtvorräte überlassen hatte, überwältigten sie.

»Ein paar Monate ging das Leben in New York unproblematisch weiter wie zuvor, doch dann entschied sich auch meine Mutter, einer beruflichen Tätigkeit nachzugehen. Sie brachten ihren einzigen Sprössling in einen ausgefallenen, privaten Kindergarten, ohne zu wissen, welcher Art die Liebe eines unserer Betreuer zu uns Kindern war. Als es nach einem halben Jahr herauskam, übernahm meine Mutter die Verantwortung für das, was passiert war. Weil sie mich in die Hände eines Perversen abgegeben hatte.

Und aufgrund dessen, dass sie nicht erkannt hatte, warum ich, wie auch die anderen Kinder in meiner Kindergartengruppe, plötzlich über Bauchschmerzen klagte. Manche von uns wurden sogar unsauber. Zu Hause kam es zu einer Art Dauerkrise. Meine Eltern begannen, sich gegenseitig die Schuld zuzuschieben. Anstatt dass sie sich meiner nach diesem Trauma liebevoll annahmen, stießen sie mich von sich weg. Etwas später versuchte meine Mutter, ihre Schuldgefühle in der Arbeit zu ertränken. Mein Vater betrank sich, wenn er zu Hause war. Sie stritten sich ununterbrochen und vergaßen mich gänzlich. Die Erziehungsarbeit überließen sie schließlich einer auf Herz und Nieren geprüften Kinderfrau.« Angel hustete. Zu groß war die Anstrengung des Sprechens bereits. »Zunächst kämpfte ich noch um die Liebe meiner Eltern, doch irgendwann gab ich auf. Als ich dann neunzehn wurde, starb meine Nanny an Krebs. Sie war diejenige, die mich immer gestärkt und unterstützt hatte. Dank ihr bin ich zum FBI gekommen, um Kindern zu helfen, deren Schreie in der Dunkelheit verstummten ... « Angels Stimme versagte. Sie hustete erneut.

»Du trinkst das jetzt sofort, bitte! Wie wir gesehen haben, war das andere Wasser sauber, sonst wärst du längst tot umgefallen, oder? Na los!«, befahl Robert und reichte ihr die geöffnete Flasche.

Angel trank gierig nur einen Teil der Flüssigkeit aus. »Den Rest hebe ich uns auf! Wer weiß, wozu wir es noch brauchen«, flüsterte sie, und ließ sich partout nicht zu mehr überreden.

Die Flasche nach der Hälfte abzusetzen, war eine der stärksten Leistungen ihres Lebens.

»Erzähl mir von dir!«

»Nicht jetzt. Ich verrate es dir später. Zunächst legst du dich hin und entspannst dich ein wenig, bis das Wasser seine Wirkung entfaltet. Du musst etwas zu Kräften kommen.« Weder der Ton, in dem Robert dies aussprach, noch der Inhalt ließen Widerworte zu. Angel legte ihren Kopf auf der Liege ab und schloss die Augen.

*****

Zur gleichen Zeit lief die Suche nach der vermissten Ermittlerin in der FBI-Zentrale auf Hochtouren. Das ganze NYPD wurde einbezogen.

Ihren Wagen fand man am Parkplatz vom *Asphalt Green Aquacenter,* 'einem Schwimmbad, das Angel regelmäßig jeden Freitag aufsuchte', hieß es in der Nachstellung ihres üblichen Tagesablaufs vom Servicepersonal. Nur am fraglichen Freitag, dem 27.06.2014, war sie dort nicht gesehen worden.

Langsam verfiel Scott in richtige Panik. Sie legten, ohne nachzudenken, den aktuellen Fall zur Seite. Egal, wie tief sie in Angels Leben nachforschten, sie fanden keine Auffälligkeiten. Die einzigen Veränderungen, die in ihrem Alltag in letzter Zeit vorgefallen waren, schienen die Aufnahme einer Therapie und eine neue männliche Bekanntschaft zu sein. Über beides gab es keine Aufzeichnungen bis auf eine dürftige Beschreibung des Äußeren, die Sarah liefern konnte.

Niemand erinnerte sich an den seltsamen Namen des Mannes, den sogar Josh für seine Kollegin überprüft hatte. Die Nachforschung im Umkreis des Schwimmbads nach Therapeuten brachte ebenfalls kein Ergebnis zustande.

»Woher kannte sie diesen Mann?«, fragte Scott Sarah, die er in Angels Wohnung bestellt hatte. Er kam mit seiner Suche nicht weiter. Mittlerweile hatten sie sich dazu entschieden, sich einfachheitshalber zu duzen.

»Von einem Jazzkonzert ... Sie dachte, dass du uns eingeladen hättest. Als Entschädigung für den vergessenen Geburtstag ... Und weil du wegen des vermasselten Einsatzes so hart zu ihr warst ...« Sarah entschloss sich, mit der gesamten Wahrheit rauszurücken. *Man weiß nie, was davon wichtig genug ist.*

»Ich sollte ihr was? Karten für ein Jazzkonzert geschenkt haben? Das hätte ich doch persönlich und nicht mit einem Brief gemacht!«, regte sich Scott auf. Nicht nur, weil ihm diese Denkweise etwas naiv vorkam.

Ich habe es damals wirklich verbockt, ich Idiot! Jemand war offenbar romantischer als ich! Ein Mann, den Angel für mich hielt! »Falls das überhaupt ein Psychologe war? War es tatsächlich ein Zufall, dass ihr ihn dort getroffen habt? Würdest du dich an seinen Namen erinnern, wenn wir alle registrierten Therapeuten durchgingen? Ich weiß, es sind viele Fragen; wir tappen im Dunkeln.«

»Vermutlich würde ich ihn schon erkennen. Ich kann mir Gesichter gut merken«, sagte Sarah unsicher, während sie den gesättigten Kater streichelte.

»Okay. Dann fahren wir am besten gleich in die Zentrale und lassen Josh die Suche auf ganz New York erweitern. Er hat den Namen schon mal gehört. Ein Phantomzeichner wartet bereits auf uns.«

Kapitel 25

Sanft weckte der Angstheiler seine Patientin aus ihrem letzten Schlaf. Mit Freude stellte er fest, wie sie sich suchend im Raum umsah. Doch die Hilfe, die sie erwartete, würde sie nicht bekommen. Dafür hatte der Angstheiler längst gesorgt.

Die Therapie konnte endlich beginnen. Angel glühte vor Fieber. So wollte er sie eigentlich nicht ans Licht bringen.

»Ich bin dein Gott und befehle dir jetzt.«

Die Drogen schienen bereits die volle Wirkung entfaltet zu haben. Die Patientin lachte gelöst.

»Die Tür dreht sich so lustig. Es kribbelt überall. Bin ich ein Teil des Universums?«, fragte sie und kicherte wie ein kleines Mädchen.

»Ja, das bist du!«, versicherte der Angstheiler. »Und ich werde dich von deinen Ängsten befreien! Ich zeige dir einen Weg zum Licht.« Er nahm sie an der Hand und spürte, wie wackelig sie auf den Füßen stand.

Sanft packte er sie an der Schulter. »Eine rasche Linderung naht, meine Tochter des Lichtes.«

»Die Welt dreht sich so lustig.« Angels Kehle war ausgetrocknet. Ein leicht metallischer Geschmack breitete sich in ihrem Mund aus.

Die Bilder, die sie sah, wechselten sich wie in einem bunten Kaleidoskop ab. Mit beinah hysterischem Lachen bemerkte sie, dass ihr Körper wie auf einer sanften Schaukel abgelegt wurde. Ein Schmetterling flog auf ihre Schulter und zersprang in die prächtigsten Formen, die sie je gesehen hatte. Sie fühlte sich glücklich. Und frei.

Eine Armada von Singvögeln begleitete die Ermittlerin in ihrer wirren Fantasie, als sie die vom Angstheiler ausgesuchte Anlegestelle am Hudson River erreichten. Am Himmel erschien plötzlich ein Adler, der mit der vertrauten Stimme zu ihr sprach.

»Angel, hörst du mich? Ich bin dein Gott. Ich führe dich ans Licht. Möchtest du mir folgen, meine Tochter?«, begann der Angstheiler seine siebte Sitzung.

»Ja, ich folge dir«, entgegnete sie kichernd.

»Dann werde ich dir die Erleuchtung bringen. Atme tief ein und habe keine Angst. Ich bin bei dir. Weißt du, was du von nun an tun sollst?«

»Atmen, was sonst?«, antwortete Angel fröhlich.

»Du bist soweit. Empfange das Licht der Erlösung und habe keine Angst. Die Wolken verdunkeln sich über dir. Du fühlst die ungebremste Panik aufsteigen. Männer kriechen um dich herum, sie umarmen dich. Sie erdrücken dich. Sie wollen dir so nah sein, wie du es nur verabscheust. Du kannst es nicht mehr ertragen. Doch wenn du die Feuchtigkeit an deinem Körper spürst, ist es vorbei. Du wirst zu einer Meerjungfrau, die mit jedem Atem die Erlösung findet.«

Mit diesen Worten schubste er Angel in den recht kühlen Fluss und sah zu, wie sie unterging. Der Angstheiler wußte, dass sie zu geschwächt war, um zu überleben. Das kalte Wasser würde dem fiebernden Körper den letzten Lebenswillen nehmen. Ohne sich umzudrehen, setzte er sein Boot in Bewegung.

Kapitel 26

Zur gleichen Zeit herrschte in der BAU trotz der fortgeschrittenen Nacht unerwartet starker Hochbetrieb. So belebt ließ sich das Büro nicht mal am Tage beobachten. Die Luft knisterte vor Nervosität.

Die Suche nach dem vermeintlichen Therapeuten in New York und Umgebung wird nicht leicht werden, dachte Scott fassungslos. *Was ist, wenn im unwahrscheinlichsten der Fälle Angel einfach nur durchgebrannt ist? Vielleicht war ihr alles zu viel, und sie kommt nach einer Weile zurück?*

Er bereitete eine weitere Kanne Kaffee zu. Diese würden sie heute brauchen! Und es war die einzige Tätigkeit, die er hatte, um seine Anspannung für einen sehr kurzen Augenblick abzubauen.

Ohne jegliche Diskussion war auch das Team im Besprechungszimmer versammelt, bereit, die gesamte Nacht durchzuarbeiten, sofern es Angel in irgendeiner Weise half. Scott fühlte sich zugleich ergriffen und machtlos. Nun ging es um jemanden aus seinem Umkreis. Um jemanden, der ihm mehr am Herzen lag, als er je gewagt hätte, zuzugeben.

Und sie hatten gar nichts in der Hand!

Scott musste das ändern. Hektisch verteilte er Aufgaben an sein Team. Sarah setzte er vor einen freistehenden Apparat, damit sie erneut Eltern und Freunde und wiederum deren Bekannte nach Angel fragen konnte. Wer nur durchbrennt, braucht auch über kurz oder lang eine sichere Bleibe.

In seinem Büro würde er die restlichen Telefonate erledigen können. Also ging er hinein, während sich die Ermittler an ihre eigenen Schreibtische verteilten. Nach einer winzigen Verschnaufpause griff er zum Hörer, um sich nach dem Erfolg der Spurensicherung zu erkundigen. Nicht nur die BAU-Zentrale legte an diesem Samstag Überstunden ein. Für eine von ihnen ließ man die Arbeit nicht stehen.

»Wir haben tatsächlich unterschiedliche Haare im Wagen gefunden. Die Auswertung läuft noch. Soweit wir bereits sehen konnten, sind auch Haare tierischen Ursprungs dabei. Sobald wir vollständige DNA-Profile der Proben haben, werden wir uns sofort melden.«

Das war keine Erleichterung. Es zählte jede Minute.

Kaum aufgelegt, klingelte Scotts Telefon.

Auf dem Display erschien Angels Mobilnummer.

Scott wusste, dass man ihr Handy im Auto nicht gefunden hatte.

Ebenfalls konnten sie das Mobilteil nicht orten, weil derjenige, der es hatte, es offenbar vom Akku getrennt hatte. Oder irgendwo im Wasser versenkt hatte.

Doch die Nummer blinkte jetzt real vor seinen Augen auf. Gefolgt vom Namen, der im Takt der Klingeltöne leuchtete.

Er meinte zu fühlen, wie sein Herz für einen Augenblick stehenblieb. Alles in diesem Moment hing von diesem einen Telefonat ab. Er ging ran.

»Angel?«, fragte er aufgeregt.

Auf der anderen Seite herrschte zunächst Stille.

Scott dachte schon fast, dass der Anrufer aufgelegt hätte. Oder, dass ein paar Kinder das Handy irgendwo gefunden und die erstbeste Nummer gewählt hätten ... *Ich muss wissen, wo sie es herhaben!* »Hallo? Wer ist denn dran?«

Keine Antwort. Nur kaum wahrzunehmende Atemgeräusche. Und KEIN Freizeichen. Irgendjemand war also am Apparat!

Scott sprintete mit dem Hörer in der Hand aus seinem Büro und gab dem perplex zur Chefetage schauenden Josh ein Zeichen, sofort eine Fangschaltung einzurichten.

Zugegeben, es war selten, dass sie das nötig hatten, doch es passierte schon mal. Daher kannte der IT-Spezialist die Mimik des aufgebrachten Chefs.

»Hallo«, hörte Scott unvermittelt eine zittrige Stimme sagen. »Ich bin es, Adam. Der Angstheiler hat sie.« Sein Gegenüber verstummte kurz. »Hören Sie? Er wird sie umbringen.« Die Person weinte plötzlich ganz fürchterlich. Irgendetwas klang seltsam ...

»Hallo, Adam. Ich bin Scott. Ein Polizist. Von wem sprichst du? Wen wird er umbringen?« Nun zählte jede Minute, um das Telefon besser orten zu können.

»Na, von der Lady, der das Handy gehörte. Er hat sie umgebracht ... Sie war so schön ... Sie schrie so laut ... Dann war es still ... Er hat sie sicher ... Er ist ein Mörder. Er wollte auch mich beseitigen ... Doch ich bin ihm bisher entkommen ... Durch die Hilfe von Professor Latton ... Er wird uns alle umbringen ... Ich mag Angel so ... Bitte retten Sie sie, bevor er sie tötet!«

Ein Wirrwarr aus unverständlichen Phrasen ...

Es schien ein seltsamer Junge zu sein. Er klang verängstigt.

Die Art, wie er alles formulierte, war kindlich. Die Stimme dagegen - erwachsen. *Vielleicht ist er behindert?*, überlegte Scott.

»Wer will euch umbringen?«, fragte er so behutsam, wie es nur ging, doch am Apparat war nun das Freizeichen zu hören.

Der Junge hatte aufgelegt.

»Wir haben es! Ich konnte das Signal orten!«, schrie Josh aufgeregt. »Es ist ein altes Gebäude in Corbett Lane, nördlich von New York City. Die Adresse wurde bereits zu euch umgeleitet. Ich werde versuchen, während ihr unterwegs seid, sämtliche Informationen über das Haus zu sammeln. Es ist ungefähr 24 Meilen von uns entfernt. Soll ich das NYPD dorthin schicken? Bis ihr dort angekommen seid, ist der Junge schon über alle Berge!«

»Ich übernehme das!«, sagte Scott. Kurz, nachdem er eilig mit Bryan die Treppe zum Dienstfahrzeug in der Tiefgarage nahm, wählte er die NYPD-Zentrale.

Nach gefühlten zwanzig Minuten kam bereits ein Rückruf auf seinem Mobilfunkgerät. Fahrend schaltete er die Freisprechanlage an.

Es fiel ihm auf, dass er noch nicht dazu gekommen war, ein einziges Wort mit Bryan zu wechseln, so durchgedreht war er.

»Im verdächtigen Objekt haben wir niemanden gefunden. Es war zwar komplett leer, aber nicht unbewohnt. Doch nah am Ufer des Hudson River saß einer, der sich als 'Adam' ausgab. Er weint wie ein Kind. Jetzt kommt das Interessante. Es ist kein kleiner Junge, wie ihr behauptet habt. Es ist ein erwachsener Mann, der soeben erneut zusammengebrochen ist.«

»Wir sind gerade unterwegs zu euch. Ist Angel Davis bei ihm gewesen?«, fragte Scott mit einem Hoffnungsschimmer in der Stimme.

»Nein, nicht in dieser Einöde! Er saß allein am Ufer und ließ in der Nähe von einem Boot einen Stein übers Wasser flitschen. Und das mitten in der Nacht. Verrückt, oder?«

Scott wurde blass. »Wurde er vernommen?«

»Er sagt eigentlich immer das Gleiche im Kreis. Ein Angstheiler habe 'sie' umgebracht. Mehr nicht. Sollen wir ihn laufenlassen? Vielleicht ist er bloß verwirrt?«, fragte der Polizist.

»Niemals! Wir sind sofort da!«, schrie Scott hysterisch und beschleunigte nochmal.

Während der schwarze Dodge Avenger den seitlich von Bäumen besetzten Palisades Interstate Parkway passierte, in einem Tempo vergleichbar mit dem zweifachen der zulässigen Geschwindigkeit von 50 Meilen pro Stunde, erreichte die Ermittler ein weiterer Anruf.

Diesmal war es die BAU. Josh.

»Scott, du wirst nicht glauben, was ich herausgefunden habe! Also das Haus, zu dem du fährst, gehört einem Psychologen mit dem Namen Robert Latton. Scott, das ist genau der Name, den ich mal für Angel überprüfen sollte. Jetzt kam er mir bekannt vor. Auch Sarah bestätigte, dass sie ihn erkannte. Nun habe ich ein wenig gezaubert und herausgefunden, dass er es geerbt hat, nachdem sich vor etwa fünf Jahren seine Mutter darin erhängt hatte. Die Akte dieser Frau war recht dick, soweit ich sehen konnte. Hauptsächlich Prostitution bis ins hohe Alter ... Doch gelegentlich gab es auch Einträge im Zusammenhang mit Gewalt an Minderjährigen und an ihrem kleinen Sohn, der damals Adam hieß. Als ich in der Familiengeschichte weiterhin nachgeforscht hatte, um den Vater des Kindes zu überprüfen, fiel der Name erneut. Diesmal in der Verbindung mit okkulten, sehr grausamen Praktiken, in die eine gesamte Gemeinde verwickelt war. Die Frauen dieser Gemeinde opferten ihren Nachwuchs bei geheimen Messen. Damals wurde das zum Skandal. Du willst nicht wissen, was mit den Kindern passierte! Mir wurde schon nach der Hälfte des Zeitungsartikels übel. Doch ein Name fiel besonders oft. Es war ein Geistlicher. Und nun der Clou. Der Pastor ist laut Unterlagen ein Mitinhaber des Hauses gewesen, zu dem ihr gerade fahrt. Ich sage gezielt 'war', weil er 'David Bishop' hieß ... Wie unser erstes angebliches Selbstmordopfer ... « Josh atmete nervös aus.

»Wenn es das ist, was ich meine, dann ... Oh Gott!«, rief Scott und beschleunigte so kräftig, dass der Motor klagend aufjaulte.

Erneut wählte er das NYPD. Ein junger Polizist nahm ab.

»Hier ist Special Agent Scott Goodwin. Wir sind unterwegs zum Einsatzort im Corbett Lane, wo sich bereits Ihre Kollegen befinden. Ab sofort übernimmt das FBI die Leitung. Ich ordne an, dass die Ufer des Hudson River mit Hundestaffeln abgesucht werden. Mit allen Ihnen zur Verfügung stehenden Mitteln! Wir fahnden nach einer vermissten FBI-Agentin. Hören Sie mich? Sorgen Sie dafür, auf der Stelle! Die Einzelheiten erfahren Sie von mir vor Ort.«

Der Polizist war zwar diesen Ton nicht gewohnt, trotzdem leitete er den Befehl in Windeseile an die verantwortlichen Kollegen weiter. Wenn es um Leben oder Tod ging, waren die Zuständigkeiten egal.

*****

Scott und Bryan sahen von weitem bereits die blauen Lichter, als sie das verlassene Haus erreicht hatten, das in dieser Nacht von der

Polizei zum ersten Mal seit mehr als fünf Jahren, nachdem sie den Selbstmord der Besitzerin feststellen mussten, umzingelt war.

Doch sie besaßen noch nicht den Hauch einer Ahnung, welche Geheimnisse das versteckte 'Therapiezimmer' ihnen über die aktuellen Fälle bieten würde. Inklusive Angels letzten Besuchsstunden, die der Angstheiler für seine Dokumentation auf Band aufgenommen hatte.

Von diesen Geschehnissen nichts ahnend, ließ sich Scott zu der Person führen, die sich selbst als 'Adam' ausgab.

Vor ihm stand ein attraktiver Mann Ende dreißig, den die Nachbarn bereits als den Hausherren, Robert Latton, identifiziert hatten. Der von ihnen als 'seltsamer Kauz' bezeichnete Nachbar weinte jetzt wie ein kleines Kind ...

Kapitel 27

Als Jodie Stevans den Schlüssel ins Hausschloss steckte, wurde sie mit lautem Gebell begrüßt. Trotz der Müdigkeit wusste sie, dass Ginger, ihr Labradormischling, keine Ruhe geben würde.

Nicht nur Jodie kam anscheinend mit dem neu eingeführten Nachtschichtsystem im Betrieb nicht klar. Auch ihre alternde Hündin schien zunehmend die Nacht mit dem Tag zu verwechseln.

»Aus! Ginger! Aus! Wir machen uns doch gleich auf den Weg.« Die alte Dame beruhigte sich sichtlich. Jodie tauschte ihre Pumps gegen Turnschuhe und griff nach der Leine. *Wir müssen verrückt sein, zu so nächtlicher Stunde spazieren zu gehen.*

Sie pfiff in Richtung ihres Tieres.

»Etwas frische Luft macht uns vielleicht doch müde, was sagst du?« Der Hund wedelte zufrieden mit dem Schwanz.

Für gewöhnlich wählte sie die Route zum Park. Aber genau heute sollte es dort eine Auseinandersetzung mit Jugendlichen gegeben haben, wie sie im Radio gehört hatte, also nahm sie lieber den beleuchteten Weg parallel zum Hudson River.

»Was hältst du von einem kleinen Lauf, Ginger? Vielleicht macht es uns müder? Ich fühle mich im Moment ziemlich fit, muss ich sagen.« Die Hündin bellte verständnisvoll.

Jodie Stevans leinte ihr Tier ab und begann zu joggen.

Ihre Gedanken wanderten ständig zu ihrem Chef, der sie mal wieder übers Ohr gehauen hatte.

Ich bin so ziemlich die Einzige, die sich so viele Überstunden aufzwingen lässt. Warum sage ich nie nein? Die anderen nehmen immer Familien als Ausrede. Nur ich nicht … Frustriert beschleunigte sie ihren Laufschritt.

Diesmal hörte sie Gingers gewohntes Hecheln nicht mehr. Die Jahre setzten der Dame bereits schön zu. Jodie blieb stehen und drehte sich um. Doch der Hund war wie vom Erdboden verschluckt.

Panik überkam sie.

»Ginger! Ginger!«, rief sie, so laut sie nur konnte. Stille.

»Ginger? Ginger! Bei Fuß!« Mittlerweile klang sie hysterisch. Dieser Platz war unheimlich um Mitternacht.

Warum habe ich bloß diesen Weg gewählt?, ging es ihr durch den Kopf.

»Giiiiiiiiinger?«

Gewohntes Bellen hinter den Büschen. Erneut.

Doch der Hund wollte nicht zurückkommen.

Jodie ging in die Richtung, woher sie die Stimme zu hören glaubte. Vorsichtshalber nahm sie ihr Handy zur Hand. *Wer weiß, was da ist? So kann ich wenigstens so tun, als hätte ich gerade die Polizei am Telefon ...* , versuchte sie sich zu beruhigen. Ihr Herz pochte entsetzlich vor Angst.

Warum habe ich bloß nicht die Jacke mitgenommen, in der mein Pfefferspray ist?

Plötzlich sah sie ihren Hund über etwas gebeugt stehen. Das Tier registrierte sein Frauchen bereits und bellte wie verrückt. Aber es rührte sich nicht vom Fleck.

»Böse Ginger! Ganz böse! So abzuhauen?«, schimpfte sie, in Wahrheit heilfroh, die Hündin gefunden zu haben. »Du kommst jetzt sofort an die Leine!«

Als sie sich dem Tier auf die Entfernung von maximal zwei Schritten genähert hatte, sah sie endlich, was Gingers Aufmerksamkeit so fesselte. Nun vernahm sie auch das Bellen von Hunden in der Ferne und Rufe am anderen Ufer des Flusses.

Als sie schließlich begriff, was vor ihr auf dem Boden lag, drehte sie sich um, lehnte sich an einen nahe stehenden Baum und übergab sich heftig. Das war eindeutig zu viel für sie!

Im schwachen Licht, das von der Straße kam, konnte sie die Umrisse einer menschlichen Hand erkennen.

Auf dem Boden liegt ein toter Mensch ...

Kurz nachdem sie sich gefangen hatte, nahm sie die Hündin wieder an die Leine und richtete ihre Schritte zum Rückweg.

Jodie wählte zum ersten Mal in ihrem Leben die Nummer, die sie seit ihrer Kindheit kannte: 911.

Während sie eilig weglief, als hätte sie soeben den Leibhaftigen gesehen, kamen die Polizeiwagen schneller zum Einsatzort, als sie es sich je erträumt hätte.

EPILOG

Dienstag, 01.07.2014, Mount Sinai Hospital

»Sie wird jetzt auf die Station gebracht. Ihr Zustand ist seit gestern stabil. Nun können Sie Ihre Freundin endlich sehen. Sobald Sie sich hinter der Ecke dort befinden, helfen Ihnen die verantwortlichen Schwestern weiter. Sie wird sich sicher freuen, denn bereits seitdem sie aufgewacht ist, äußert sie den Wunsch, nach Hause gehen zu dürfen.« Die etwas molligere Krankenschwester mit dem Namen Mary strahlte Gemütlichkeit und Zuversicht aus. »Ich schwöre Ihnen, wenn es weiter so geht, werden wir sie fesseln müssen!«

Scott lächelte bei dem Gedanken, wie Angel mit den Schläuchen am Arm den Schwestern das Leben zur Hölle machte. Anders war er nicht imstande, sich 'seine Freundin' vorzustellen ... So war sie nun mal.

'Freundin' klingt so seltsam, überlegte er. Scott konnte es dem Pflegepersonal nicht verübeln, dass sie Angel und ihn für ein Paar hielten. *Wer sonst wartet Tag und Nacht vor den geschlossenen Türen der Intensivstation auf einen Patienten? Doch nur Familienmitglieder, wie ihre Eltern, die sich gelegentlich blicken ließen. Und natürlich ich als ihr 'Freund'.*

Dabei war es so knapp gewesen! Angels Körper, den eine Joggerin durch Zufall in den Büschen gefunden hatte, war unterkühlt, als der Rettungswagen eintraf. Insgesamt war sie in einer denkbar schlechten Verfassung. Trotz des sommerlichen Wetters betrug die Wassertemperatur des Hudson River in dieser Nacht weniger als 22 Grad.

Das Fieber und mangelnde Bewegung hatten dazu geführt, dass sie mehr tot als lebendig war, als sie gefunden wurde. Die Rettungswagen brauchten anschließend eine Stunde für mehrfache Wiederbelebungsversuche, um sie vernünftig ins Krankenhaus zu bringen. Sie konnten von Glück sprechen, dass ihr Körper im Wasser routinemäßig funktionierte, was sie den regelmäßigen Schwimmterminen zu verdanken hatte.

Das war bisher die schlimmste Zeit in meinem Leben. Doch Angel hatte viel Kampfgeist. So jung und vital, wie sie es war, erholte sie sich unheimlich schnell.

'Meine Freundin', plötzlich wurde ihm diese Vorstellung vertrauter. *Ja, das bleibst du für immer ...*

In Gedanken versunken stieß Scott mit einer weiteren Krankenschwester zusammen.

»Na toll, jetzt werden wir auch noch von den Angehörigen unserer Patienten angerempelt!«, schimpfte sie kichernd. »Ich bin Schwester Denise. Zu wem will der junge Herr?«

Ganz sicher ist der junge Herr deutlich älter als Sie, junge Dame, dachte Scott, quittierte jedoch den kleinen Spaß mit einem Grinsen. Die Frau war Ende dreißig und im Gegensatz zu Schwester Mary sehr drahtig.

»Die Patientin ist noch nicht da, fürchte ich. Ich möchte zu Angel Davis.«

»Oha, der Polizistin, die wieder nach Hause will?« Ihr Ruf schien der Ermittlerin vorauszueilen.

»Na, dann folgen Sie mir mal, junger Mann. Mit Ihrer Freundin wird es sicher noch lustig werden, wenn sie annähernd so ist, wie sie uns schon von der Intensiv berichteten.«

Scott wusste nicht, was er entgegnen sollte.

Schwester Denise lachte. »Jetzt habe ich Sie erschreckt. Kleiner Scherz zwischen uns Schwestern. Unser Neuzugang scheint eine Kampfmaschine zu sein. Darüber freuen wir uns doch immer!«

Wortlos folgte er ihr in ein Doppelzimmer, in dem derzeit zwei leere Betten auf die Patienten warteten.

»Hier ist es. Machen Sie es sich gemütlich, man stellt gerade die Papiere zusammen, damit sie zu uns kommen kann. Man hat bereits von der Intensiv auch die Eltern über die Verlegung informiert. Das bedeutet, dass Sie vermutlich bald Gesellschaft bekommen werden.« Mit diesen Worten verließ sie das Zimmer und ließ Scott in freudiger Erwartung zurück.

Zur gleichen Zeit füllte Schwester Mary auf der Intensivstation die notwendigen Dokumente aus, um eine Verlegung der Patientin zu erwirken. Solche Fälle mochte sie am liebsten. Zu oft hatte sie schon die Patienten in den Tod begleiten müssen.

Auf dieser Station statistisch wesentlich häufiger als auf der Orthopädie, von der sie vor Jahren gewechselt war. *Man gewöhnt sich auch an den Tod*, dachte sie traurig.

»So, meine Liebe. Sie waren mir zu anstrengend! Hier herrschen Ruhe, Zucht und Ordnung! Sollen sich die anderen mit Ihnen plagen!«, scherzte Schwester Mary mit einer Träne im Auge.

Angel Davis war in ihrer Nachtschicht eingeliefert worden und schaute erbärmlich aus. Selbst vor Ort musste sie reanimiert werden, so schwach war sie.

Und sie war unter Drogen gesetzt worden, wie die umfangreichen toxikologischen Untersuchungen zeigten. Nun, etwas mehr als 48 Stunden nach ihrer Einlieferung war sie stabil genug, dass sich die Stationsschwestern von der Inneren um sie kümmern durften. Ein voller Erfolg, an den sie nicht zu glauben gewagt hätte. Angel Davis war ein starkes Mädchen!

Natürlich war die Patientin noch insgesamt geschwächt, doch die Beatmung und ebenfalls die künstliche Ernährung konnten bereits gestern abgeschaltet werden. Für die Verhältnisse auf dieser Station war ein leises Nachfragen der Patienten nach ihrem Zuhause eine herzenserwünschte Rebellion. Die meisten von ihnen lagen still im komatösen Zustand.

»Schwester Mary. Ich werde Sie vermissen«, sagte Angel schwach

Diese liebe Seele leistet mir heute schon den ganzen Vormittag Gesellschaft und brachte mich mit ihrer gespielt mürrischer Art mehrfach zum Lachen. Und das, obwohl mir eigentlich nach Weinen zumute ist. Allmählich begriff sie, dass sie sich getäuscht hatte. Nur inwiefern, wusste sie nicht ... Die Droge, die man ihr verabreicht hatte, war nicht stark genug gewesen, als dass sie die Realität nicht stückchenweise erahnen konnte.

Enttäuschungen tun so verdammt weh! Weitere Tränen liefen ihr über die Wangen, ohne dass sie es verhindern konnte. Dass sie auch keinen Besuch empfangen durfte, machte die Situation noch schlimmer. Zu wissen, dass sie sich getäuscht hatte, doch nicht wie stark, zermürbte sie.

»Ach, Kindchen ... Weinen Sie nicht! Die anderen Schwestern sind deutlich netter als wir. Da darf man nicht traurig sein! Und dann wartet auch noch jemand auf Sie.« Sie zwinkerte vieldeutig. »Er muss Sie wirklich sehr lieben ... Er machte uns verrückt, so gern wollte er zu uns herein. Aber der Oberarzt hat es verboten und Ihnen strenge Ruhe verordnet. Sie glauben nicht, wie sauer er wurde, als er die paar Tage im Wartezimmer verbringen musste. Nun wartet er schon auf Sie, also sollten wir uns lieber beeilen ... «

Angel verstand kein Wort. *Ein Freund, der hier gewartet und die Schwestern verrückt gemacht hat?* »Heißt er zufällig Josh?«, fragte sie leise.

»Oh, nein ... Es gibt noch so einen - von der gleichen Sorte wie ihr Freund? Wie war sein Name? Er hatte sich doch mehrfach vorgestellt und dachte, dass er als Polizist hineingekonnt hätte ... « Sie überlegte angestrengt. »Irgendetwas mit 'G' ... Gosheven, Gradin oder so ... «

»Goodwin vielleicht?«, fragte Angel.

»Ja, genau! Goodwin! Bei so vielen Namen, die ich mir merken muss, bringe ich immer alles durcheinander. Furchtbar anstrengender Kerl, sage ich Ihnen. Doch gegen unseren Oberarzt hatte er keine Chance. Wenn er es nicht erlaubt, kommt nicht mal der liebe Gott hier hinein.« Schwester Mary kicherte und entlockte Angel auch ein müdes Schmunzeln, was sie wiederum noch mehr zum Kichern brachte.

»So, Ihre Papiere sind da. Gleich trifft jemand ein, Sie abzuholen. Und lassen Sie sich eines sagen ...« Sie machte eine dramatische Pause, um etwas ernster zu wirken, » ... wenn ein Mann Tag und

Nacht bei uns in den unbequemen Sesseln ausharrt, um Sie zu sehen, sollten Sie ihn nie wieder gehen lassen! Das ist nur die Meinung einer alten Dame, die schon viel gesehen und erlebt hat ... « Schwester Mary zwinkerte ihrer Patientin zu.

»Ich werde es mir merken«, strahlte Angel.

»So, meine Liebe, Ihre beiden Chauffeure sind bereits eingetroffen. Denken Sie daran, ich will Sie hier nie, wirklich nie wiedersehen!« Sie wischte etwas vom Auge weg.

»Machen Sie es gut, Schwester Mary.« Das Krankenbett wurde samt der Patientin von den Pflegern herausgefahren.

*****

»Ich übernehme sie schon«, sagte eine andere Krankenschwester, als sie die Station für Innere Medizin erreicht hatten. Sie nahm die hintere Stange des Bettes in die Hände und schob das Gefährt weiter.

Wie auf einem überdimensionalen Rollstuhl, so kam sich Angel vor. *Gott bewahre!* Die neue Pflegeeinheit, auf die sie soeben gebracht wurde, wirkte für einen Ankömmling im angenehmen mint gehaltenen Ton recht beruhigend. Die Schwestern waren in saubere, grün-blaue Uniformen gekleidet. Im Vergleich zu der Intensivstation roch es nicht aufdringlich nach Desinfektionsmitteln.

»Herzlich willkommen auf der inneren Station. Ich bin Schwester Denise und werde heute für Sie zuständig sein. Sie haben bereits einen Besucher im Zimmer. Wären Sie einverstanden, wenn ich Ihnen eine Stunde gebe, sich zu akklimatisieren, bevor wir mit der Aufnahmeuntersuchung anfangen? Der junge Mann wartet schon so lange ... «

»Sehr gern«, entgegnete Angel. Es war ihr in der Tat recht, endlich ein paar Informationen zu erhalten.

»Soll ich Ihnen noch etwas zusammenstellen, oder reicht es, wenn Sie in einer halben Stunde das Essen bekommen? Abendbrot gibt es bei uns immer um sechs.« Die neue Pflegekraft war ohne Frage ein absolutes Gegenteil zu Schwester Mary. Und trotzdem wirkte sie sehr warmherzig.

»Ich kann noch warten, vielen Dank«, entgegnete Angel freundlich.

»Nach der Aufnahme werde ich die Bestellungen für Ihr Mittagsessen der kommenden Woche aufnehmen. Nun aber richten Sie sich erst einmal in Ihrem Raum ein. In einer halben Stunde gibt es, wie gesagt, Essen, danach die Untersuchung.« Mit diesen Worten schob sie ihre Patientin in ihr neues Zimmer, hievte sie auf ein frischbezogenes Bett, deckte sie sorgfältig zu und entfernte sich wortlos, die Liege aus der Intensivstation vor sich herschiebend.

Nun war sie allein. Allein mit Scott. Er schaute sie seit ihrer Ankunft durchdringend an.

Stille.

So kannte sie ihn nicht.

Angels neues Reich war jetzt ein kleines Krankenhauszimmer, dessen Fenster von draußen durch den Schatten einer riesigen Kastanie verdeckt wurde, was wiederum an dem heutigen Sommertag für erfrischende Kühle sorgte. Das Einzige, was die beiden Menschen zur gleichen Zeit trennte und verband, waren die unausgesprochenen Gefühle, die wie ein knisterndes Feuerwerk im Raum standen. Jederzeit bereit, abgefeuert zu werden.

Diesen Augenblick voller Möglichkeiten, die sich zwischen ihnen eröffneten, genoss Angel sehr. Sie konnten ihren Emotionen im Hier und Jetzt freien Lauf lassen. Es fehlte nur ein kleiner Wink, das Feuer zu entfachen ... Oder es sein zu lassen ...

Doch so wollte sie es nicht! Nicht, wenn sie bedürftig nach menschlicher Nähe und ans Bett gefesselt dalag, während sich der Mann neben ihr in einer absoluten Ausnahmesituation befand.

Ich werde mich dafür hassen, was ich jetzt zerstöre. Ich hoffe, du wirst es mir verzeihen, Scott, dachte Angel traurig.

»Hi. Danke, dass du heute gekommen bist«, lächelte sie ihren Chef an. *Und dass du die ganze Zeit bei mir warst. Und dass du die Krankenschwestern meinetwegen genervt hast. Und dass du nach mir gesucht hast. Was ich dir niemals vergessen werde,* fügte sie in Gedanken hinzu.

»Bitte, erzähl mir alles, was vorgefallen ist. Hier wurde ich im Ungewissen gelassen, weil man mich schonen wollte. Dabei regte mich genau das wieder auf.«

Bääääm. Es tut mir aufrichtig leid.

Zunächst schwieg Scott. Dann wandte er seinen Blick von ihr weg. Der wunderschöne Zauber des Moments war verflogen. Dessen waren sie sich beide bewusst. Jeder war auf seine Weise traurig, die Gelegenheit verpasst zu haben, dem anderen etwas zu sagen.

Zurück zum beruflichen Umgang ...

»Also gut.« Scott schaute Angel an. Er war wieder der Chef, nicht der 'Freund'. Sein Blick wurde gewohnt distanziert. Es tat ihr weh, wenn auch sie diejenige war, die die Situation noch gerade hätte ändern können. Nun war es vorbei.

»Du hattest ganz viel Pech«, sagte er sachlich.

» ... auf einen falschen Mann reingefallen zu sein, nicht wahr?«, beendete Angel.

»Wohl nicht. Robert Latton hat dich eher gewählt. Die Jungs sicherten gestern in seiner Praxis eine alte Schreibmaschine. Bei der Schreibprobe entdeckten sie Ähnlichkeiten zu dieser Einladung zum Jazzkonzert von Ramsey Lewis & Philipp Brailey im 'Blue Note', die ich in deinem Papiermüll am Schreibtisch fand. Auch der Umschlag bei dir war aus dem gleichen Papier wie die, die wir dort sichern konnten. Ich hoffe, du verzeihst, wenn Sarah in deinem Zimmer ein wenig geschnüffelt hat ... Der Mann scheint dir schon längere Zeit nachgestellt zu haben. In seinem Büro gab es sämtliche Aufzeichnungen zu deinem Alltag. Wir hatten Glück, dass er dank seiner Erkrankung den Drang hatte, alles aufzuheben. Das hilft ihm wohl, die Kontrolle über seine wechselnden Persönlichkeiten zu behalten.«

Angel schwieg.

»Wir konnten herausfinden, dass er die Idee des Konzertes wahrscheinlich aus dem gleichen Schwimmbad hatte, in dem du regelmäßig am Freitag erschienen bist. Offenbar hattet ihr irgendwann eine ähnliche Präferenz, was die Zeit angeht. Das war's ... DAS war dein Pech. Alles andere hatte er so manipuliert.«

»Moment mal ... Dann war die Tatsache, dass ich ihn beim Konzert traf, kein Zufall? Robert Latton hatte geplant, dass ich ihn dort treffen werde?« Angel war entsetzt.

»Leider ja. Aus welchem Grund auch immer wollte er dich heilen. Von was? Weiß ich nicht, weil er für uns offiziell weder vernünftig ansprechbar ist noch eine passende Aufzeichnung existiert.« ... *seit ich sie alle vernichtet habe, als ich am Tatort in der Corbett Lane erschienen bin. Das Video, das dieser Irre bei deiner Geiselhaft gedreht hatte, ging keinen von uns etwas an. Es genügte, nur für ein paar Minuten unsere Jungs hinaus zu bitten und die aufgezeichnete DVD aus dem Aufnahmegerät zu entfernen. Auch wenn sie die Täuschung nachher bemerkt haben sollten, ließen sie es nicht erkennen.*

Er suchte in seiner Tasche. »Außer die hier.« Scott übergab ihr die DVD und einen Notizblock. Beide mit der Aufschrift: »Siebter Fall: Angel Davis«.

»Ich glaube, diese Gegenstände gehen nur dich etwas an. Wie auch die Tatsache, dass Sarah die Arbeitsfähigkeitsbescheinigung in deinem Schreibtisch fand, die uns die Arbeit wesentlich erleichtert hätte, weil dort Lattons Adresse draufstand.« Scott schmunzelte. Es gelang ihm nicht, durchgehend den Gefühlskalten zu spielen.

»Tut mir leid. Ich wollte es dir geben, wenn ich wirklich soweit war. Das war ein Fehler!« Angel steckte die Ergebnisse ihrer Untersuchung durch den Wahnsinnigen schnell in ihr Nachttischchen, damit sie von den Krankenschwestern nicht entdeckt werden konnten. *Sobald ich genug Kraft zum Aufstehen habe, werde ich sie in eine Tasche packen,* nahm sie sich vor. »Warum? Warum hat mir dieser Mensch das angetan, Scott?«

»Die Antwort auf diese Frage ist einfach, Angel. Er ist krank. Auf seine Weise mochte er dich vielleicht. Sonst hätte uns Adam nicht angerufen. Das war auch das erste Mal, dass er so etwas tat.« Er schwieg für einen Augenblick. Egal, was zwischen den beiden jemals vorgefallen war, sie hatte das Recht, endlich die ganze Wahrheit zu erfahren.

»Als er noch ein Kleinkind war, wurde er von seiner Mutter dem Treiben einer Sekte 'geopfert'. Diese Frau war, wie es den Akten und Adams Aussagen nach zu entnehmen ist, eine aggressive Prostituierte. Dem Jungen wurden fürchterliche Dinge angetan, ohne dass er weglaufen konnte oder wollte. Kinder empfinden manchmal für ihre Eltern zur gleichen Zeit ambivalente Gefühle: Liebe und Hass, die sie ihr Leben lang an ihre Erzeuger ketten. So auch in diesem Fall. Adam war noch wirklich klein, als ihm schlimme Sachen angetan wurden.« Angel war nicht mehr sicher, ob sie wütend oder traurig war. In der Tat gab es bei Robert und ihr eine schwache Verbindung aus der Kindheit. Genau so, wie er es an die Wand ihrer Zelle geschrieben hatte.

»Adam«, setzte Scott fort, »begann unter Begebenheiten, an denen selbst Erwachsene zerbrechen würden, mehrere Persönlichkeiten im Kopf zu bilden, die sich zunächst nicht kannten. Sobald eine Situation bedrohlich wurde, trat eine andere seiner Charaktere vor, die fähig war, dies durchzustehen. Mit der Zeit wurde Robert Latton immer älter, damit auch für ihre Peiniger uninteressanter. Aus den gemeinsamen Mitteln bezahlte man solchen 'geopferten' Kindern eine Therapie. Das Phänomen der dissoziativen Identitätsstörung, abgekürzt als DIS, ist gar nicht so selten bei schwer misshandelten jungen Opfern. Wenn man noch bedenkt, dass jährlich in den USA ungefähr 50.000 Ritualmorde begangen werden, dann ist schon klar, dass es kein Randproblem ist. Wo war ich stehen geblieben?«, überlegte Scott kurz.

»Ach ja. Genau. Robert wurde älter. Und begann, sich für seine 'Eigenartigkeit' zu interessieren. Er fragte viel herum, las gelegentlich psychologische Zeitungen und solchen Kram. Irgendwann wurde er der Sekte, dessen Mitglieder wohlsituierte Familienväter und -mütter waren, unbequem, weil sie nicht mit dem

Thema Kindesmissbrauch in Verbindung gebracht werden wollten. Also unterzogen sie den Jungen einer Therapie, die mehr einer Gehirnwäsche ähnelte, bei der sie sein Erlebtes unter dem Charakter 'Adam' in seinem Kopf abspeicherten. Es war ohnehin einer seiner Namen. Diese Persönlichkeit fühlte wie ein Kind und sah die Realität mit Kinderaugen. Es kam ihm komisch vor, dass er beispielsweise die Kleidung eines Erwachsenen trug, doch in seiner Welt hatte er sich damit arrangiert. Beide Wesen - sowohl Adam als auch Robert Latton - mochten dich gern, daher kam der Drang, dich zu retten. Im Gegensatz zum selbst ernannten Angstheiler, der dich von Anfang an zu einem weiteren Opfer gekürt hatte.«

Angel schaute ihn mit Unverständnis an.

Scott versuchte, es anders zu erklären. »Du musst es dir so vorstellen«, fuhr er fort, »wie einen Tresor im Kopf, wobei der Schlüssel in diesem Fall ein Name ist. Robert wurde mit der Zeit zu einem vorzüglichen, wenn auch eigenartigen Schüler, der mit einem seiner starken Charaktere sein Leben meisterte. Von seiner dissoziativen Identitätsstörung hatte er nach wie vor keine Ahnung. Er wusste nur, er war anders. Diese den Alltag beherrschende Persönlichkeit nennen die Fachleute den 'Host', hat mir Raffaella auf die Schnelle erklärt, von der ich auch das restliche Wissen bekam. Latton, wie du ihn kennengelernt hast, hatte das Gefühl, öfter Filmrisse zu haben, also begab er sich zu einer weiteren Behandlung.«

»Wahnsinn.« Angel wusste nicht, ob sie Roberts Geschichte faszinierte oder einfach nur erschreckte.

»Bei dieser Therapie fand die Psychologin im Laufe der Zeit heraus, dass er mehr als zweihundert solcher abgespaltener Persönlichkeiten besitzt.«

Da Angel schwieg, setzte Scott fort: »Latton entband seine ehemalige Therapeutin gestern von der Schweigepflicht, daher konnte sie uns seine Leidensgeschichte erzählen. Sie meldete sich sofort bei uns, als sie von seiner Verhaftung aus den Medien hörte.«

»Wie funktioniert eine solche Therapie?«, fragte Angel interessiert.

»Nun, sie haben versucht, die Teilpersönlichkeiten zu einer zu 'schmelzen', was offensichtlich nicht gelang, weil sich 'Adam' als Codewort vor ihnen versteckt hatte. Als man Robert attestierte, geheilt zu sein, und er das Studium der Psychologie anfing, wurde zwischendurch auch 'Adam' aktiv. Du musst es dir so vorstellen, dass für Adam, das Kind, die Zeit wie eingefroren stehenblieb. Wenn Robert zu Adam wurde, war er wieder ein kleiner Junge, der sich wunderte, warum er Erwachsenenkleidung trug oder sich in einem Haus von Professor Latton befand. Mit dem entscheidenden Unterschied, dass die Persönlichkeit 'Robert' durch seine jahrelangen Behandlungen und sein enormes Wissen auf dem Gebiet mal mehr, mal weniger Ahnung von 'Adam' hatte. Er wusste, er musste sein kindliches Wesen beschützen. Auch vor einem anderen Wesenszug, der sich hartnäckig seiner heilenden Therapie entzog. Dem - wie Robert ihn nannte - 'Angstheiler', seiner dunklen Seite. Dieser Charakter war böse, rauchte Zigaretten, weil der angepasste Latton das verabscheute, und wollte seiner 'guten Persönlichkeit' beweisen, was für ein Versager der erfolgreiche Professor war. Der Angstheiler war gefühlskalt und berechnend.«

»Oh Gott, dann war ich mit dem bösen Charakter in einer Zelle eingesperrt?« Angel erinnerte sich mit Entsetzen daran zurück, wie emotionslos ihr ihr Mitgefangener plötzlich erschienen war. *Dabei dachte ich, dass es an der extremen Situation lag. Aber es war gar nicht Robert. Mir wird schlecht ...*

»Er war die ganze Zeit mit dir da drin?« Das schien ein neuer Aspekt in Scotts Überlegung zu sein. »Wir fragten uns auch schon, warum die Tür ein Zahlenschloss hatte. Und ebenso, weshalb er diesen merkwürdigen Spruch an die Wand in seinem Haus schrieb. Nun haben wir die Antwort. Der Angstheiler wollte dich heilen. Die beiden teilten sich im Prinzip eine Aufgabe, wenn man dem kranken Gehirn folgen kann. Der brillante Dr. Jekyll - Robert Latton, bot seinen Patienten die heilende Therapie an. Sein böser Zwilling, Mr. Hyde, also der Angstheiler, beschleunigte die

Behandlung, indem er seine Opfer unter bewusstseinsverändernde Drogen setzte. Wo er sie her hatte, ermitteln wir noch. LSD bewirkt, dass sie kurz vor ihrem Tode zunächst entspannten, doch dann die geballte Angst zu spüren bekamen ...«

» ... und das Wasser als die sie erlösende Substanz einatmeten. Deshalb keine Kampfspuren, weil sie freiwillig ertranken«, beendete Angel. »Bei mir war die Droge, die sich vermutlich in der zweiten Wasserflasche befand, nicht konzentriert genug. Ich habe ja nur einen Teil davon getrunken. Daher 'glaubte' ich seinen Worten nicht. Und hatte ganz offensichtlich noch ausreichend Kraft, mich irgendwie ans Ufer zu ziehen. Was war die Ursache seiner Aktivität?«

»Wir vermuten, dass der Auslöser der Tod seiner Mutter vor fünf Jahren war. Denn der erste Mord passierte kurz danach. Höchstwahrscheinlich handelte es sich dabei um einen seiner größten Peiniger, die ihn zusätzlich finanziell unterstützten. Die Gemeinde hatte mit einem aufstrebenden Psychologen offenbar noch etwas vor ... Vielleicht sollte er die Taten vertuschen, indem er die Kinder betreute. Der Plan schien missglückt zu sein, weil sich Robert Latton der seltsamen Gemeinschaft entzog«, antwortete Scott traurig.

»Welche Rolle spielte sein Sekretär, Stan Peacock?«, fragte Angel gespannt, als jemand an die Tür klopfte.

Der Kopf von Schwester Denise erschien in der Tür. »Zeit fürs Abendbrot«, sagte sie ganz freundlich. »Möchten Sie Tee, Wasser oder Saft?«

»Was dauert länger? Wir brauchen nur fünf Minuten«, entgegnete sie keck. Angel wollte nicht, dass Scott ging.

»Der grüne Tee, weil ich ihn noch von der Küche holen müsste. Sonst trinkt ihn hier niemand«, lachte Schwester Denise.

»Na so ein Zufall, dass ich genau auf diesen Appetit habe. Natürlich nur, wenn es keine Mühe macht.«

Typisch Angie, dachte Scott und registrierte mit Zufriedenheit, dass Angels selbstbewusste Ausstrahlung auch im sterilen Krankenhaus wirkte. Die Schwester schien belustigt zu sein. »In fünf Minuten bin ich aber hier, dann geht es los. Wir wollen schließlich mit der Untersuchung fertig sein, bevor Ihre Eltern eintreffen«, sagte sie und verschwand.

»Stan Peacock fiel durch den Zeitungsartikel auf ... «, fuhr Scott fort, » ... dass sämtliche der in der Zeitung genannten Opfer die Patienten seines Vorgesetzten waren. Er hatte ein ungutes Gefühl, konnte aber nicht glauben, dass er vielleicht für einen Serienmörder tätig war. Immerhin vergötterte er Robert Latton. Er wollte seinen Chef zur Rede stellen, doch du kamst ihm irgendwie immer dazwischen.«

»Scott«, Angel wurde ganz ernst. »Wenn ich hier rauskomme, möchte ich eine Therapie bei Raffaella Bertani machen. Mittlerweile bin ich mir nicht mehr so sicher, ob es nicht besser ist, das Geschehene erst zu verarbeiten, bevor ich vor dem nächsten Fall stehe«, sagte sie leise.

»Das trifft sich gut, denn morgen wollte sie dich besuchen und vielleicht sogar bereits mit ein paar Gesprächen anfangen. Bedanke dich bei Josh dafür. Wir wollen alle, dass du schnell auf die Beine kommst, das Team vermisst dich schon«, erwiderte Scott beim Aufstehen, nachdem er den eisernen Essenswagen im Korridor laut klappern hörte. Es war Zeit, aufzubrechen, morgen endete sein Spontanurlaub.

Ich vermisse dich ..., beendete er in Gedanken. Nun würde er dringend auf die berufliche Schiene in ihrer Beziehung wechseln müssen.

»Kommst du bitte kurz rüber? Ich möchte dir etwas Wichtiges sagen, kann aber leider - wie du weißt - noch nicht aufstehen«, bat Angel.

Scott erfüllte ihr den Wunsch.

»Danke«, wisperte sie. Ihr Atem brachte die Luft an seinem Ohr leicht zum Vibrieren, was ihn bis zur Gänsehaut kitzelte.

Oder war es doch etwas anderes?

Als Angel seinen Kopf zwischen ihre Hände nahm, die an Schläuche angeschlossen waren, und ihn voller Leidenschaft küsste, entgegnete er es sofort.

Dieser Anflug an Zärtlichkeit verwirrte Scott dermaßen, dass er genau das tat, was man von ihm niemals erwartet hätte.

Sprachlos wie ein kleiner Junge floh er aus Angels Krankenzimmer.

Liebe/-r Leser/-in,

Die hier dargestellten Personen entspringen voll und ganz meiner eigenen Fantasie. Ebenfalls deren Beziehungen und sämtliche dargestellten Sachverhalte. Die Grundideen basieren jedoch auf wahren, wenn auch verfremdeten Gegebenheiten.

Ihre Rezension dieses Buches würde mir sehr helfen, weitere Leser zu erreichen. Auch, wenn ich mich nicht explizit bedanke, so kommt jede einzelne davon bei mir an.

Vielen Dank dafür,
Ihre May Brooke Aweley

Drei Fragen an May B. Aweley

In meinem ersten Buch mit dem Titel **»Puppenbraut«** *entstand eine Idee, mit meinen Lesern bei einem imaginären Gläschen Wein über die Arbeit zu plaudern. Gerade habe ich unter mein Manuskript das Wort »ENDE« geschrieben und wollte mich der Beantwortung der mir häufig gestellten Fragen widmen, meinem Lieblingsthema - neben meiner Familie.*

1. »Warum noch ein Buch über die dissoziative Identitätsstörung (DIS)?«

Ich muss zugeben, zunächst hat mich das Thema sehr fasziniert. Bis ich mich der Problematik in einer umfangreichen Recherche gewidmet habe. Vorab vielleicht - es gibt eine Handvoll Menschen, die kriminell sind UND diese Störung aufweisen - bei einer Häufigkeit des Vorkommens dieser Erkrankung in der gesamten Bevölkerung von weniger als einem Prozent. Laut einschlägigen Studien, die ich las, korreliert weder DIS noch Schizophrenie mit der Bereitschaft zur Gewalt mit Todesfolge. Und trotzdem werden sie so gern für die Bücher verwendet. Warum?

Weil diese Erkrankung so viel Platz zur Fantasieentfaltung der Autoren bietet. Dissoziative Identitätsstörung wird nach dem heutigen Erkenntnisstand nicht vererbt, wie z.B. die verwandte Schizophrenie, sondern wird »erlernt«. Zum Teil sogar, wie hier beschrieben, gezielt im kriminellen Milieu verwendet, um Kinder gefügig zu machen. Die wirklich grausamen Einzelheiten habe ich dem Leser erspart.

Die gespaltenen »Persönlichkeiten« des Betroffenen können so weit voneinander abweichen, dass es tatsächlich sogar möglich ist, dass sie unterschiedliche Arten von Allergien aufweisen - in Abhängigkeit vom Charakter, die zum gegebenen Zeitpunkt den physischen Körper beherrscht. Mich würde sehr freuen, wenn mir auf diese Weise gelang, über verschiedene Facetten das Thema anzusprechen, das mir besonders am Herzen lag.

2. »Warum soll dieses Buch »Save the Children Deutschland e.V.« unterstützen?«

Die Idee entstand bei dem Besuch eines schwedischen Möbelhauses, das zu den stärksten Sponsoren des Vereins zählt.

Schon zu diesem Zeitpunkt wollte ich unbedingt eine Organisation unterstützen, die sich für die Zukunft der Kinder einsetzt und genau an der Stelle mit der Arbeit ansetzt, an der Hilfe am meisten benötigt wird. »Hilfe zur Selbsthilfe« ist auch mein Motto.

Was macht »Save the Children« konkret?

In der Zentrale von *»Save the Children Deutschland e.V.«* in Berlin saß ich ungefähr 2 Stunden, um mich zu informieren. Doch das reichte nicht, um annähernd das anzureißen, was diese Organisation für die Kinder tut. Und es war so spannend, dass ich noch weitere Zeit hätte zuhören können!

In betroffenen Krisenregionen werden Schulen gebaut, Hebammen geschult, für Kindersoldaten der Ausstieg ermöglicht ... Es wird für mehr Schutz für Straßenkinder gekämpft, es werden zum Beispiel Fußballplätze für Flüchtlinge errichtet ...

Wer von uns weiß schon, dass 1,7 Millionen Menschen im Südsudan seit Dezember 2013 auf der Flucht sind? Dass Kinder, die gerade fünf Jahre alt geworden sind, auf dieser Flucht zu Waisen werden. Im Jahre 2013, wie der Jahresbericht es hergibt, flossen dabei 83% der geleisteten Spenden direkt in die Projektförderung und -betreuung.

Mich beeindruckte nachhaltig eine Sache, die mir damals bei meinem ersten Kontakt mit der Organisation gezeigt wurde.

Es war eine kleine Tüte.

Sie erinnerte mich an jene, in die pürierte Früchte bei uns gepresst werden, die manche Eltern den Kindern zum Frühstück geben. Doch dieses winzige Tütchen war anders. Nährstoffreicher. Mit dem unauffälligen Namen **Plumpy´nut ®**.

Warum mich das so beeindruckt hatte? Weil es eine speziell für die Bedürfnisse der unterernährten Kinder bereitete protein- und kalorienreiche (ca. 500 kcal) Erdnusspaste ist ...

Im Klartext: Darin steckt alles, was Hunger stillen kann, den wir uns nicht vorstellen können ...

»Was kostet es, ein mangelernährtes Kind einen Monat lang aufzupäppeln?«, fragte ich, weil ich schauen wollte, wie vielen Kindern wir gemeinsam durch den Kauf meines Buches potentiell helfen würden.

Eine Monatsration liegt zwischen 30-40€, wenn man die Transportkosten einbezieht.

Ich bin sehr gespannt, wie viele dieser Monatsrationen wir direkt der Organisation übergeben werden. Danke dafür.

3. »Ein Wort übers Schreiben.«

Ich schreibe Bücher wirklich leidenschaftlich gern. Es gibt kaum eine größere Freude für mich, als ein fertiges Manuskript auf Amazon hochzuladen und die Rezensionen meiner Leser zu verfolgen. Beurteilungen sind für uns Feedback. Sie geben uns, den selbstpublizierenden Autoren, diese Anregungen, die wir brauchen, um besser zu werden. Dafür möchte ich mich an dieser Stelle ganz besonders bedanken und widme diese dritte Frage einer umfangreichen Danksagung. Unter meinen Rezensionen gibt es so viele, die mich bereits zu Tränen gerührt haben...

Ein Psychopath.
Ein Spiel.
Fünf tote Mädchen.

Als Sophie Pritchard ihre Wohnung verlässt, um einen Unbekannten zu treffen, ahnt sie es nicht.

Sie wurde bereits zum Opfer eines grausamen Spiels auserwählt, das das FBI-Team an den Rand des Erträglichen bringt.

Denn irgendwo, tief im Wald, beginnt mit ihr die Jagd auf blutjunge Frauen.

Er muss sie töten.
Sie will sterben.
Nur nicht auf seine Art.

Ein grausamer Doppelmord und ein missglückter Bombenanschlag ...

Zwei unterschiedliche Taten, die auf seltsame Weise miteinander verbunden sind. Das Werk eines Geisteskranken?

Als das New Yorker Ermittlerteam um Scott Goodwin den bizarren Zusammenhang erkennt, verschwinden wieder zwei Menschen.

Und der Serienkiller ist noch nicht fertig. Noch lange nicht ...

MAY B. AWELEY

ERINNERUNG AUS GLAS

THRILLER

Du glaubst die Wahrheit über dein Leben zu kennen?
Die Wahrheit ist, dass dein Leben eine große Lüge ist.

Nach einem traumatisierenden Erlebnis mit ihrem Lebensgefährten Graham scheint das Schicksal es mit Anna Eliot, einer jungen Lehrerin aus North Fork, endlich gut zu meinen. Sie lernt den charmanten Robert Wright kennen, und ihr Traum vom Familienglück nimmt feste Konturen an.

Doch was wie eine Romanze anfing, endet in einem Albtraum, als nebenan ein Nachbar einzieht, der ihr von Anfang an unheimlich ist. Nach und nach zweifelt Anna an ihrem eigenen Verstand.

Und dann verschwindet eines Tages ihr geliebter Hund …

In eigener Sache

Es gibt viele Menschen, bei denen ich mich bedanken könnte, doch ich möchte Sie, lieber Leser, nicht langweilen. Jeder Mensch, der selbständig arbeitet, weiß, wie wichtig die Liebe und die Unterstützung der eigenen **Familie** *und der engsten Freunde für die tägliche Arbeit ist. Ich habe die toleranteste und beste Familie der Welt.*

Einen ganz, ganz lieben Dank möchte ich meinen **Lektoren:** *der großartigen, lieben Elke Krüßmann, Sabine Steck und meinen allerbesten Freunden: Aaron K. Archer, Niels und Britta widmen.*

Für das tolle Cover ist Sabine & Aaron verantwortlich. Sie sind die geduldigsten, die schnellsten und die besten Menschen, die es je auf dieser Erde gibt. Ihr habt auch mal wieder einen fantastischen Job gemacht!

Für die medizinischen Tipps bedanke ich mich bei meiner Freundin Maria (Anästhesistin) und bei meiner Mutter, die ich über alles liebe.

Doch was wäre das beste Buch der Welt, ohne seine **treuen Leser?**

Nichts! Daher gilt der größte Dank meinen Lesern, die mir ihre kostbare Zeit schenken, um meine Geschichte zu erzählen.

Ohne Euch alle - gäbe es dieses Buch nicht!

Einen herzlichen Dank dafür!